U0082239

目錄

貓……005
湖上……037
牙痛……057
侏儒……071
夢醒的時候——紀念胡維通伯父……091
梨——一個婦人的自述……109
山谷之夜……135
曖昧……153

目錄

曖昧
我們無心的相逢，現在卻是有意的別了
何家槐——著
月色還是一樣的朗澈，街楓卻已差不多落盡
愛的歡悅，在生命的波濤中只是一朵渺小的浪花

貓

一

妻愛貓。

她說貓的溫柔就像未出嫁的姑娘；馴善就像喪了子的老婦；捕鼠時候的倔強，又像希臘古神話裡的英雄。蹲在你的膝上，或者睡在你的懷裡，猶如一個心愛的兒，使你感著滿是愛，滿是痛的甜蜜。那股不可抗拒的體熱，從牠絨絹一樣的毛裡，傳到你的身上，就會使你感到擁抱著情人一樣的溫軟。你撫摩，牠就俯伏著不動；你逗，牠就在你懷裡跳著玩。如果你偶不留心，牠就像個孩子似的溜到地上，瞇著眼，挺著鬚，笑似的向你望。牠既不像家犬一樣蠢，又不像野兔一樣滑。忠誠，機警，那樣的伶俐，美麗，不叫你不歡喜。

妻愛牠就愛得要命，簡直勝過於愛我。但我卻極端的厭，恨不得殺盡天下的貓，絕牠的種。因為在過去，牠分去妻給我的愛；到如今，又增加我一段痛苦的回憶。

是去年深秋的一個下午，我們家裡忽然來了一位客。

他是我的老友，中學時代的舊知交。他新從杭州來，就在附近的僅海女校教書。學校離我家不遠，橫過狄威路，再轉幾個灣，就可以看見灰黑色的校門了。

那時我們住在福恩路，地方很寂寞。一條光滑如砥的馬路，在瘦葉扶疏的桐蔭下，迤邐到遠處。因為偏僻，不熱鬧，車馬的喧聲真是難得聽見。一切很靜穆，很悠閒，就連帶笠帽，穿號衣的清道伕，也似乎很懶散的，在跟著垃圾車慢慢的走。

我們初到這裡，很生疏。終天幽閉在家裡，鬱悶得要命。親友既遠隔天涯；是近鄰，又都不相往來。大門靜悄悄的，像在做著噩夢。除了傭婦以外，一天簡直沒有第二個人進出。

我賦閒，妻也找不到事做。沒有地方走，缺朋友談天，實在怪難受。尤其是妻，她原是好動的，還有孩子氣的女子。她活潑，強健，喜歡交際。整天的說，笑，跳，她整個的生命就是韻，就是音律。因此這種枯寂的生活，她怎麼也過不下去。過一天，就像過一年，整天悶坐在房裡，望著狹窄的天，飄忽的雲，就像這種生活永遠不會窮盡一樣的憂鬱。

「悶，悶，悶！」她每天總是這樣重覆著叫。每說一句話，嘆一聲氣，她那哀愁的眼光，總是很嚴重的落上我的面，那眼光，含著勉強遏抑住的恨，怒，彷彿完全是我害了她的一樣。

「有什麼辦法呢？乖！」我總是遲疑著說，好像怕她譴責似的。

「但是這種生活，是永無窮盡的麼？」她失望的問。

「請不要傻，我們就搬家的。」我總是這樣說，叫她不要傻。但是看到她那戚然寡歡的神態，又覺得自己的話是謊了。

因為生活這樣枯，一時又無力捨棄，所以朋友的突然來訪，確使我們很驚喜。彷彿一群久困囹圄的囚徒忽然會見了親友，我們幾乎疑心這是夢。

我們盡量笑、盡量談，絮絮休休的，不時的握手，像久別的兄弟，我們一味說著親熱話，想出各種方法，鬧著玩，尤其是妻，好像特別的快樂，她忙碌地穿來穿去，吩咐傭婦買這樣，買那樣，想了又想，彷彿要蒐羅到所有的珍品。恐怕年老的傭婦不懂事，記性差，於是使著嗓，叮嚀又叮嚀。她那亮澈的聲音，在馬路上都可清晰的聽到。

她嫌傭婦髒，親自在廚房裡烹調。刀叉的響聲、蔥的氣息、油的怪味，散布了各處。鐘在悠閒地走，落日鍍金了客廳裡所有的陳設。烏油的桌椅上，錯雜著五彩斑爛的暈光。一種悠遠深邃的情調，使人想起了古代的鄉村。

「來，請為我們多年不見的老友乾盡一杯！」我微笑向妻，雙手擎著銀色的酒杯。

「是的，戈琪君！以後我們是鄰居了，請為我們以後的交誼乾盡這一杯！」妻向戈琪笑，殷勤的勸酒。看見戈琪遲遲不舉杯，似乎很著急。久已消失了的紅暈，升上了她的腮。眼裡閃耀著幸福的光芒，很嫵媚。那種似有意又似無意的微笑，確是迷人。

「謝謝。」素性沉默的戈琪，還是以前一樣的不願多說話。他無聲的乾盡一杯，臉上浮著笑。

「你還不曾變！」我看著他說。

「不曾變？」他像不信這是實話。

「不過稍微老了一點——」我再舉起酒杯，望著他，想在他的臉上找出一點與前不同的標記。但是除了新添的幾條皺紋以外，簡直找不出什麼。圓睜睜的眼，還是那樣有力；微微向上的鼻孔，直豎的雙耳，短而硬的髭鬚，還是九年前一樣——像一張貓臉。他的聲音，也還是那樣沉濁，雄健，斷續不連——像隻貓的聲音。他的性情，也還是貓一樣的溫馴，貓一樣的柔弱。

我們的分離已經好多年了，不但未曾多見面，就是通信也是很少機會的。從幾次短訊中，我知道他自離校以後，做過教員，當過兵，在家賦過幾個月的閒。因為朋友的介紹，他曾權充某小報的編輯。據他自己說，那時他只有月薪十五元，而且伙食住宿都要自理的。因為不備稿費，投稿者寥寥，大半文章還得親自動筆。「真倒楣——」他有次來信說，「榨碎腦，嘔盡血，自己編，自己做，還得自己付印。兼門房，兼打雜，一天簡直忙得發咒。但是所得的報酬卻只是疲勞，睏倦，絕望和失意而已……」

在這種生活中，他也居然住上了一年。直到現在，他才重新獻身於教育。據說他的離開報館，還是因為報的銷路落，生活程度高，經理先生說要給他減薪，補一點虧損。因此，他實在沒有再住下去的可能了。……

「從此，我又要開始念經吃素的生活了。」他苦笑——那種不自然的笑，多奇異！它能給你軟，給你酸，彷彿吃了醋溜魚。只有還未離校的時候，我是時常看見這種苦笑的。那時他也這樣的冷靜，這樣的沉默。整天枯坐書齋中，像在唸書，又像在沉思，其實誰能知道他在做些什麼呢。他快樂的時候很少，我們卻很喜歡吵，喜歡鬧，整天想尋開心。「你看，他那副冷峻的神氣！」我有時耐不住他的沉默，故意對人這樣說。聲音很響亮，意思是叫他聽見，但他卻裝著像理不理的樣子，一味的苦笑。

「但是，我們以前不是很羨慕教書匠的麼？」我說，記起了我們以前熱中於教員生活的事。

「那時，我們全是傻全是呆，一點不明白社會的情形，只是一味的空想，你大約還記得，我們那時候以為：教書是愉快，自由，神聖而且廉潔。我們幻想著幸逢女校，還可以同女生發生幾件豔麗的羅曼司。但是現在——」他又苦笑了，我卻沉默著不答。他是從不曾說過這樣多的話，顯然他是給教書的苦味所激動了。

「我求求你們，不要說這種乏味的話——」妻一面說，一面高擎起酒杯，「弋琪君！請再乾盡這一杯！」

我們聽到她的說話，也就竭力的振作精神。於是一陣熱烈的碰杯聲，在沉沉的夜氣中蕩漾到各處。

客廳上開亮了電燈，水綠色的燈光下妻在彈著愉快的鋼琴。

二

從那天以後，他就差不多天天來了。開始那幾天，我們似乎還有一層隔膜，於接待中，還不免攙雜些虛偽的客套。但是過了不久，我們就恢復了求學時代的親密，妻也很熱誠的歡迎他來。他也似乎很快樂，雖然還是以前一樣的沉默，但是那層憂鬱的面容，卻已經完全消失了。

他一來，總是照例的坐在窗前。進門的時候，他總是照例的半天不說話。沒有寒暄，也沒有問好。靜默了一會，然後慢慢的抬起頭來，照例的說一句：

「為什麼這樣沉悶呢？」

他說這句話，像是不得已似的，並不希望有人回答。

「我想聽一次鋼琴——」接著他就照例的要求妻彈琴。有幾次，妻雖很疲倦，想拒絕，但是看到他那懇切的面色，又不得不在鋼琴的面前坐下了。

熱情麻木了疲——倦，

戀愛充實了空——虛；

人們只有找到愛——

才算不是空過一世。

妻總是照例地彈著同樣的歌，他也愛聽這個同樣的調子。那種愉快的琴聲，彷彿很使他感動。他惘然地站在妻的背後，兩眼無神的望著琴譜。

因為我們摸到他的脾氣，了解他的性情，所以他來也好；去也好；說話好，不說話也是一樣。他坐在窗前，無聊地翻書，或者注視著在窗外過往的浮雲。我們卻照舊的做著工作，彷彿沒有他在房裡一樣。四周很靜寂，只有蕭蕭的落葉聲可以聽見。他這樣的默坐了一會，好像覺得沉悶，總是坐不到半點鐘，就匆匆的出去了。

「出去玩玩罷。」有一天，他捻著短髭說，「我覺得很悶！」

「你請的是那一個？」我笑著問。

「你們兩位。」

「但是我的稿還不曾謄好，」我說，「這篇東西今天是要付郵的。」

「那密賽司金呢？」他苦笑著問妻。

「我麼？」妻沉吟著說，看一看他的臉。「自然可以奉陪。」看她的神氣，顯然是勉強答應的。

「謝謝。」他很有禮的向妻鞠了一躬。

妻臉紅紅的，笑著向我說了一聲「再會。」

我惘然地聽他們走下了樓。

從此，他就每天要妻出去散步。妻呢，也是有可無不可的跟著出去。他們走的並不遠，大約就在附近馬路上打了一個圈子。我每次計算，沒有寫上三頁稿，他們就手挽手的回來了。他們的態度，真是出我意外的親密。每次走進走出，總是夫婦一樣的手握手，肩並肩的。我懊惱妻太放蕩、太浪漫，在一個丈夫的朋友面前，我覺得是不應該這樣過分親暱的。

戈琪的愉快，也是增加我的疑慮的原因。他出去的時候，好像很憂鬱；但是經過一次走，卻像枯了的野菊重蘇的一樣，精神頓覺蓬勃得像個小孩。他雖然還是同樣的鎮靜，同樣的沉默，可是從那掩不住的笑容看來，他的心裡是在激動著愉快的狂潮的。

「天氣多美麗！」同妻散步回來，不論天晴或陰雨，他總是這樣的讚嘆著說。

在這短短的感嘆語中，可以看到那不可遏抑的熱情。

「不，天氣並不見得好呢？」我反對說，差不多是故意的。他照例的說好，我就照例的說壞。我自己也很驚異，看見他那樣快樂，心裡就覺得十分不快。雖然他們散步的時間並不長，走的地方並不遠，但是他們出去的次數多了，我總覺得有發生曖昧事的可能。「或者——在偏僻的小巷裡——」我時常這樣想，但立刻又給自己對於妻的信任否認了。的確，妻是貞潔的。她對自己的愛情，還同結婚前一樣的專摯。「結婚是愛情的墳墓，」這句話征之我們的歷史，是不正確的。「難道為了一個新交的朋友，她會犧牲了對於自己的忠實麼？」我這樣自問，又即刻給自己寬解，「這是無論如何不會的，簡直是不可能！……」

我詛咒我自己的多疑、量窄、心地不光明，而且頭腦腐舊。「但是人——」我又時常這樣想「多半是靠不住的。誰能永遠保證自己的愛妻？那個女人不是水性楊花的？而且那個寡言的戈琪，未必不是貌誠心奸的痞子罷？……」因此，怎麼也擺離不掉在我心目上日漸滋長起來的猜疑。我覺得妻已對我疏遠了，不然為什麼天天同他出去散步呢？怪不得這幾天來，她時常嘔我的氣：姑息一隻貓，任憑牠打翻我的墨水瓶，喔，這可不是她變心了的證據麼？而且她愈愛打扮了，花枝招展的，裝飾得像個未嫁的姑娘。不燒飯，也不煮菜。洗衣服，更休想她來動手。如果這不是她變心的象徵，豈不怪？她整天望著窗外，似乎在等著他。他一來，她的舉止就活潑了、話語就響亮了、態度就柔嫩了，鋼琴的聲音也似乎更其嬌媚了，嘸，這可不是又是一種證據？「這定是——」我時常給自己下判語，「一個棄夫如遺的蕩婦！」這樣想時，我就會不自覺的打起寒噤。因此我恨妻真是出於意外的澈骨了，這種心理上的變化，著實使我自己吃驚。

我想妻的頭，擰她的腿，而且踏扁她的嘴。

「你這畜生！」有時我覺得無所發洩，總是借貓出氣。

「牠好好的蹲在那兒，可曾侵犯到你？」妻看我無故打貓，就出來說話。的確，貓是她的生命，她靈魂的殿堂。我們有時偶爾不稱心，動不動就口角。妻生氣，我也生氣，大家弄得難為情。但是她對貓，真是愛護得無微不至的，天天替牠洗澡，修鬚，而且不時的替牠搔癢。她總是笑著對我重覆的說，「貓是最伶俐的動物，牠給你的盡是安慰，盡是溫柔。」說這話時，她總是很驕傲，撫摩著睡在懷裡的白貓，像有無限的光榮。只要有人觸一觸貓尾或是貓背，她就會出來干涉。她每夜總是帶著貓兒睡，唱著催眠歌，很親暱的喊著「小寶寶」。她整天的找貓，防走失；而且逢人便稱讚，好像怕人忘了她有這樣一隻貓。「唉唉，你又照例的來那一套——」我不知怎樣的，那時雖不十分厭惡貓，但是那種千篇一律的讚語，實在引起我的不快。「牠是你的丈夫不是？」有時我這樣問，她的眼淚就很快的流下來了。

「牠不時打翻墨水瓶，妨害我的工作！」我總是這樣的替自己辯護，妻愈想助貓，我就愈要打貓。貓受了痛，照例總是咪的一聲，跳出門外不見了。

「你這狠心鬼！」妻指著我罵，連忙跑去找貓。看牠那種垂頭喪氣的神氣，她的芳心似乎痛惜得碎了。

「由不得你罵！」我憤然地拍著書桌，「你去叫『貓』來！」

「叫貓？這是什麼意思？」妻疑惑的問，「貓不是臥在我的懷裡麼？」

「不是這隻真的——」我搖著手。

「是假貓？」妻駭然了。

「是那個像貓的——像貓的——」我躊躇著說，覺得這是太忍心了。妻是神經過敏的女人，一定懂得我的話。在我家進出的，除了戈琪以外，還有那個呢？而且在平時，我彷彿記得已經對妻說過戈琪像貓一類的話了。

「我已經懂得，你是疑心到戈琪——」妻果然懂得我的話，啜泣著，恨恨的抱貓出去。看她那種苦惱的樣子，我又不禁後悔自己不該這樣魯莽。他們出去散幾次步，原是極平常的事。就是手握手，肩並肩，也是毫不足怪的。而且戈琪每次出去玩，總是照例的邀我一同去。自己拒絕，又自己懷疑，啊，你這自私的男人。

我們時常這樣吵，這樣鬧，感情的裂痕，終於不可收拾的爆發了。

那是一個宿雪初霽的冬晚。我們因為覺得悶，散步到附近的墓地裡去。那裡陽光正照著雪地裡的枯楊，有水從枝上滴下。白色的十字架，石牆，墓門，以及埋在亂石中的墓碑，都在金色的交錯中，鑲著銀色的絹邊。草地上的雪，還不曾完全溶解，我們的腳下發出雪塊碎了的聲音。

「太太，你有信。」傭婦匆匆的跑來，匆匆的遞過信，又匆匆的跑回去了。

「是哪兒來的？」我無意的問。

「表妹。」

「可以給我看看麼？」我問這句話時，覺得我們只是泛泛之交一樣。

「自然可以，不過——」妻遲疑的說。

「不過什麼？」

「要等我看完了以後——」

「這又是什麼意思？」我明知是她表妹的來信，因為我認得她的筆跡。但是為了某種緣故，我卻故意的加上一句，「莫非是『貓』的消息？」

她在看信，不曾注意我的話。

「這畜生！」看見她不答，我又憤憤地打貓。這時貓正蹲在她的身旁，睜著那雙圓眼，對著浮雲望。

「給我滾！」我踢貓，拉住牠的尾巴，在雪地裡倒拖，這時她已憤怒得不能再忍耐了。

「牠又侵犯不到你，」她的臉色都變了，「我真不明白你為什麼這樣的厭惡貓！」

「因為你愛牠勝過於愛我——」我明知自己的話沒有理由，卻還是說。」

「請你自己想想——」她哽咽著說，「難道我會愛貓勝過於愛人？」

「但我並不是說——」我吞吐著說。

「那你所說的是——？」妻摸不著頭腦，懊喪的問。顯然的，她已忘掉前幾次的口角了。

「是那位像貓的——」我手不隨心的，指著僅海女校的那面。那個貓聲音，貓臉，而且貓性情的戈琪，立刻電影般的浮現在我的眼前。

「哦，你還是疑心到我們。」妻突然站起來說，一個水綠色的信封落在她的腳下。「我真不知道你的居心何在，我們不是已經好久不曾出去了麼？」

「有什麼不明白？你自己倒給情熱昏迷了。」我執拗的說，「難道除了散步以外，你們就不曾有過別的——？」

「這只有天知道！」

「天知道？好巧妙的飾辭！那種手挽手，肩並肩的情形，請你自己想，多刺眼！」

「好，你既這樣的懷疑我們——」妻鎮靜自己，「你的眼光竟是這樣淺，心地竟是這樣窄，很抱憾的，以前我竟一點也不知道！你懷疑我們已經好久了，就是替我自己辯白，我知道也是無用。我早已知道，你已漸漸的厭棄我了。因為一個正熱衷於妻的丈夫，無論怎樣不會無故疑心到她的貞潔的。」

妻的態度突然變成這樣鎮靜，頗使我驚異，她的頭髮散披在腦後，晶瑩的淚珠隱在她的眼角，欲流不流。那種不勝憂傷的姿態，又使我不勝憐惜。我想跑過去，抱著她痛吻一陣。但是固執的自尊心，怎麼也不允許我這樣做。我覺得在妻的面前認錯，是很羞辱的一事。雖然知道這是虛偽，這是道學氣太重，但是要我向妻低首下心，怎麼也是做不到的，而且同妻鬧翻的事情，已經司空見慣了。我是始終相信：婦人是眼淚一乾就會眉開眼笑的。

「那你打算怎樣辦？」我冷笑。

「馬上離開你。」

「離開我？」我又冷笑。

「當然。」妻堅決的答。

「那你預備那裡去？可是『貓』那裡——」看見她那堅決的樣子，似乎受了委屈，憤怒又不自覺的回上我的心頭。那個貓臉貓聲音的戈琪，又像電影般的在我的眼前浮動。「這是一個貌誠心險的痞子！」我憤憤地想。而且我給自己決定，他們在散步的時候，一定有過什麼不可語人的，曖昧的行動。

「可是到『貓』那裡去？」我又逼著問。

她不答，很悲傷的旋轉身去，只吸了一支菸的功夫，她已默默地獨自離開了墓地。她那寬敞的皮氅，漸漸的消失在遠處。

我料定她是回家去的，一點也不著急，站起身，像勝利似的嘆了一口氣。

果然，她已先到家，一看見我，似乎不好意思，連忙臉紅紅的跑上樓去。我看見她那倉皇害羞的神情，不覺得意的笑了。

我悠閒地坐在自己的房裡，悠閒地吸著卷菸。成圈的煙影，似乎幻出了不少形形色色的貓臉，刺刺的吸菸聲，催眠著我，使我就是這樣悠閒地入了睡，而且悠閒地做了夢。

第二天清早，我起來很宴。這時已是上午十點鐘，門外可以聽到刷馬桶的聲音。

我走過她的房間，聽聽沒有一點聲息，我以為她睡熟了，窺進門縫低聲的喊：「曼娜，已是起來的時候了。」我叫得很粗聲，幾乎疑心自己又是發怒了。我覺得對妻太溫柔，是有損自己的自尊心的。

房裡沒有答應。

「好大的脾氣！難道昨天的氣還不曾全消？」我以為她在撒懶，故意跟我賭氣。但是房裡還是沒有答應。除了自己粗啞的聲音外，四周很靜寂。

我覺得奇怪，一種笨重的預感壓上我的心頭。我推門進去，立刻驚住了。房裡很凌亂。床上已經沒有紋帳，空空洞洞的，除了一些碎紙片以外，簡直沒有留下什麼東西。

「難道真的走了？」我疑心這只是一個玩笑，絕不是真實。難道同居了這麼久的夫婦，因了這次毫無意義的口角，就會這樣簡單的，平淡的，毫不留痕跡的分散了麼？

我著胸，跺著腳，想在什麼地方，找出一點她真的已經走了的證據，但是沒有，一點痕跡也沒有。她走的時候好像很匆忙，連寫條子的功夫都沒有。但是房裡的東西收拾得很乾淨，又顯見她臨走是很從容的。「她不願意使我曉得！」我自語著，在房裡踱來踱去，思想很亂，沒有一點頭緒。我彷彿聽見貓叫，以及妻撫慰貓的柔聲。悲哀像冰塊似的，從我的喉間，一直落到我的肚裡，漸漸的溶解，又漸漸的凝凍。

「一定是到戈琪那裡去了？」我堅決的想。我似乎親眼看見她走進僅海女校，不一會，他們就又手挽手，肩並肩的走出校門，向不可知的方向跑去了。「他們一定已經離開這裡！」我一面想，一面瘋狂地吸著香菸。那個貓聲音貓臉而且貓性情的戈琪，總是幻影般的留在我的眼前。「這畜生！」我憤怒地伸出拳去，好像一拳打中他的胸，並且還聽到他的呼聲。但是仔細一看，卻只打著自己的腿，白晰的皮膚頓時起了一塊紅疤。

我苦笑著，在心裡嘲弄著自己。

「王媽！」我忽然想起王媽，於是喊著她，想問她一點關於妻的事。

半天沒有答應。

「王媽，王媽，王媽！」我連聲叫，這才聽見一聲微弱的疲音，「噯來了。」

「快。」我喊，但是王媽還不見出來。

「你還睡在這裡？懶豬！」我憤怒地跑到她的房門前，看見她還在那裡鋪被。這真是火上添油，我恨不得用隨便什麼東西，猛力地打她一下。

「先生！你得原諒我才是！」王媽苦笑著求情，眼睛似乎浮腫著。看她那樣的沒有精神，好像還想睡。

「你說什麼？」我驚異地問。

「我昨夜幫了太太一夜忙，到得今天東方發白才睡了的。」她說著，從口袋裡取出一張皺縮了的字條，「這是太太叫我給你的，她說她到親戚家裡去，什麼事情都寫得有，無須我傳話。」

「就是這樣？」我覺得事情太簡單。

「是，先生！」王媽看見我在看條子。為了暫避我的怒鋒，一溜煙跑去煮菜了。

條子上寫的很簡單，但這短短的幾句話已很夠使我流淚了：

我們的一切都已完了。

但我並不怨你，因為使得我們決裂的，並不是你，也不是我，更不是你那可憐的朋友戈琪。我們的幸福，完全是給『猜疑』破壞了的。因為我們相互間的『愛』，漸漸的因為猜疑而變成『恨』，變成『妒』，因此我們不能不忍痛的訣別了。或許因為這一別，我們會在悔恨中互相了解的。因此我的走，完全是為保全我們過去值得紀念的幾頁……

「啊，我們終於訣別了，請你忘了一切罷——你的曼娜。」

三

幾個月的光陰過去了。

妻走後的幾個星期，我是差不多發瘋了。一個人整天的坐在客廳裡，無可奈何的吸著紙菸。看到那種虛飄飄的，不著邊際的煙影，一種空虛的感念，就會螺旋似的釘上我的心頭，冰塊似的冷了我的手足，終至苦酒似的麻醉了我的思想。在那個時期以內，我是怎樣的厭惡我自己，怨恨我自己，恐怕沒有人會相信的。彷彿剛才做了一場惡夢，一切夢裡的罪惡都要我來負擔。我想登報，去問僅海女校的當局，但知道這都是無用。每天清早，我就像落了魂，失了魄的一樣，走到馬路上，盼她回來。但是那條寥闊的大道，看去只是一線無窮盡的延長而已。

我最後才發現，貓也不見了。一想起從此再也聽不到妻的歡笑，和貓的歡叫，我就覺得坐不安，睡不安的，很想不顧一切的大哭一頓。「的確，這怎能怪她呢？她也有自己的人格，有自己的自尊心的一個女子，她怎能任隨你的作踐，忍受你的冷嘲熱諷？」我不時這樣的自讁，覺得弄成這樣的僵局，完全是自己一個人的罪過。「妻走了，朋友也走了，你這孤獨的男人喲！看你還能安然的生活下去不能？」我自己的胸，擰自己的腿，恨不得把自己一頭撞死。

但是時間是能麻木人的感覺的，我自離開妻以後，居然已經孤寂地過了幾月。她在我的記憶裡，已經漸漸的褪色了。厭惡自己的情緒，再也不來痛苦我的心了，吃，睡，看，寫，馬馬虎虎的我又過了一天。倦怠的時候，我就跑馬路；馬路跑夠了我又靜下心來寫。我覺得沒有曼娜，也是同樣的能夠生活下去。我屏除一切思念，專心於材料的蒐集，內容的結構，以及字句的推敲上。天天期待著的，只是編輯所裡的來信。我的願望變成更單純，任何事情都不足打動我的心。只有編輯所裡的來信，才能使我快樂或是憂鬱。我覺得自己的幸福：財產，名譽，以及第二個妻，都要靠那幾篇文稿決定的。

真的，我已完全的忘掉妻了。就是偶然的想起了她，也只如一陣白煙的飄過，絲毫不留痕跡。在我這個快已麻木了的心湖上，再也吹不起痛苦的漣漪。「想她幹嘛？算她已經死了，葬了倒也乾淨。」有時我竟這樣想。

但是有一天晚上，我正在謄寫文稿，忽然傭婦送來一封信。我滿以為是編輯所裡寄來的，那知拆開一看，卻是戈琪的筆跡。字跡很潦草，顯然是在精神不好時寫的。

你不曉得，我是病得多厲害！如今雖已好點，但是痊癒之期卻還遙遠得很呢。現在我請你來此一走，因為最近曼娜有信來，提起了你們口角的事。「我不能多寫信，這是醫生禁止的。我仍住在原校，功課有人代授——你的好友戈琪。」

「我不能信！」我雖然這樣說，事實上卻不能不信。飯也不吃，帶上帽，立刻就往僅海女校走。

戈琪的臥房，是在教員寢室的最後一列，窗子都敞開著。枯草的香氣，隨風飄了進來，使人感得很沉悶。

我一直走進他的房裡，就在臨窗的一把圈椅上坐下。

「戈琪！」我輕聲地叫，這時他正背著帳門睡。

「哦，你來了麼？」他含糊的說，彷彿剛從睡夢中醒來似的。

我們緊緊的握著手，默然了良久。我注意他的容顏，憔悴了；他的頭髮，禿了；他的眼，已沒有貓眼那樣有神；他的聲音，也沒有貓叫那樣雄健了。可是他的性情，還是貓那樣的溫柔。他對於我的嘲弄，懷疑，像毫不介意，很親暱的握住我的手。

「你說曼娜有信來不是？」我含淚問。

「有的。」他從枕旁掏出一個信封，那纖美的手跡，一看我就曉得是曼娜的。

我丈夫的朋友——不，我的朋友戈琪君！因為我已離開丈夫了，所以我不能借用丈夫的名義。其實，你也一樣的是我的朋友哪！

我們決裂的原因，是完全為著你，但這絕不是你的罪過，也不是我的不好，我們只不過很尋常的散了幾回步，我們可以互誓，相互間決沒有什麼可恥的，曖昧的行為。

罪過的本身，是○○「猜疑」。因為丈夫懷疑我的貞潔，時常冷嘲熱諷的，逼我走。我也一時昏迷，懷疑丈夫另有鍾情，所以才會這樣的無中生疑；因此他逼我走，我就走，啊，感情真是盲目的！我那時的貿然出走，還不是憑著一時的衝動？

離開丈夫後的痛苦，我不願多說。其實事已如此，多說也是無用的啊。

現在我擔任著一個小學校的功課，生活很枯寂。事情很鮮，日唯娛貓以自遣。

的確，貓是最堪憐愛的動物，牠給你的『愛』，有時竟勝過情人們給你的『恨』。而牠於我，啊，更有另外的意義。因為在牠身上，我可以發現許多被我丈夫打傷了的疤痕。這傷痕，使我不時憶及那些可紀念的往事。所以貓是我們恨的結晶，在這一方面，牠給我的只是傷心。但在另一面，因為恨的極端就是愛，所以牠給我的，又是希望和追懷的交錯。

你大約還在那裡服務罷？如果你還不曾離開，那跟我丈夫晤面的機會，想來總該有的，恐怕這個時候，他還在懷恨著你呢。

近來我很煩悶，因為我又不自禁的想起了他。但我卻不願見他，除非『恨』已轉成了『愛』的時候。

「請為你自己洗白，我寫這封短信的動機，就是為此。——你朋友的妻，不，你自己的朋友曼娜。」

我真的幾乎暈倒了。曼娜又在我的記憶裡甦醒過來。一個夢影似的，她怎麼也不離開我的眼，我的腦。我似乎聽到她那柔弱的聲音，在撫慰著心愛的花貓——我們「恨」與「愛」的結晶。她似乎很憂鬱，很痛苦，那樣清貧的教師生活，或許已經把那美貌年輕的太太，變成一個善愁多病的老教師了。我還看見那頭花白的雄貓，蹲在她的身旁，很憂傷地向她痴望。她的書房必定是很卑陋而且齷齪，她那些學生們必定是很頑皮而且愚蠢，同他日常接近的人們：校長，同事，以及學生們的家屬，一定也很腐敗而且可笑。……她過的是怎樣的一種生活？這一種生活，究竟是誰給與的？是誰逼她走上這條路……我真的流下淚，更緊的握住戈琪的雙手。我追悔起一切，自譴自責的情緒燃燒起來，一些可紀念的往事：結婚前的戀愛，度蜜月時的浪漫，以及遷住到上海來以後的愉快，甜蜜，爭執，決裂，以至於分離，而致今日的後悔。……

「你想，我可以再見曼娜麼？」我無意識的問。

「那怎樣得知？她也並不曾告訴我一些更詳細的事情！」

「但是，你難道只接到過這一封信？」我一問出，就覺得太孟浪了。

「怎麼？難道你還疑心我對你的誠實？」戈琪喘著氣說，語氣裡面含著怒意。

「這並不是說——」我吃吃的說不成話，覺得很不安。妻是沒有歸意的，否則為什麼不附寫一個較明白的通信處呢？

「那，我的好友！我告訴你，曼娜是不會同你再見面的了。」他看我沉默著不響，又喘著氣說，「請你平一平氣，告訴我為什麼我是你們鬧翻的原因？」

「請你恕我，我親愛的好友！」我囁嚅著說，「我們分離的原因，是因為她不能忍受我給她的懷疑——懷疑你們每次散步的時候，有什麼——」

我不能再說下去了，溜出他的手，抓著帽子就走。

這時風正括得很大，黑雲在空中馳逐，是落雨前的光景。泥土很溼潤，各處已在透露出早春的氣息了。

我很懊喪地回到家裡，心很虛。好像很恐怖，怕戈琪從後面追來，要我把決裂的經過說出底細。我狠命地關上門而且加上鎖。瘋狂似的跑上樓，坐在床邊瘋狂地搓著雙手。

寫稿，謄稿，賣稿，前途的希望，意外的榮譽，第二個愛妻，……這些這些，在這一忽中，忽然都變成毫無意義了。

「咪——嗡——」當我正在踱來踱去的時候，忽然聽到一聲貓叫。我瘋狂地跳出臥室，滾下樓梯。啊，這是一種多麼熟悉的聲音！

我順著聲音走去，找了許多時，才見一個花鉢上，蹲著一隻雄貓。牠是花白的，各部份都很像妻心愛的那隻。我跳著跑去，想把牠緊緊的抱在懷裡，親他，吻他，問他主人的起居。但我一走近去，他就豎起尾巴逃走了。看他跳躍的樣子，我才想起家裡那隻貓早已給妻帶走了。

「或許他正睡在妻的懷裡罷？」我嘆氣彷彿失了心的一樣，惘然地望著雄貓逃走的方向。

到了應該寫稿的時候，我還頹然地躺在大椅上，劇烈地想起那隻貓，愛貓的那個女人。

如今已經半年多了，妻的消息還是雲一樣的渺茫。一聽到貓叫，夢境似的追憶就會痛嚙我的心。

湖上

雨晴了。天色漸漸地退清，凝厚的黑雲，已經意興索然地紛散。澄澈的湖水，受夠了暴風雨的蹂躪，現出青蒼的，疲倦了似的神色。它再受不了什麼刺激，它已興奮得夠了。連對那僅能掀起一薄層漣漪的微風，都好像太軟弱了的一樣。遊客很少，公園裡的幾條坐椅，都給雨溼了。山影模糊，霧還不曾全收，遠霧裡透出荷花的幽香。

這時我們正沿著湖邊緩步。我們要在一點鐘以前，趕到岳墳。我們不能從容的瀏覽風景，我們有比雨後的湖山更明媚，更嬌翠，更醉人的約會。雖然我沒有把握，沒有得她的允許，不免使我感到了一點慌亂；但在這樣美麗的天氣裡，去會一個心愛的女人遊湖，總是一件愉快的，激動人的樂事——不論這件羅曼司的進行是否順利。

我的同路人野莘，是個低身材，善言笑的青年。我們的年齡相仿，但我的外貌，卻比他蒼老得多了。我容顏枯槁，身體衰弱，日常的一舉一動似乎都已僵化。我對付一個女人，老是顯得愚蠢而且可憐。我不會逢迎，不會取悅人，我簡直沒有一件事不是堪人發噱的。但是他，卻是強健而且靈活，女人見了誰也抵抗不住他的誘惑。他在我舅父底下做過科員，後來升為科長，在一個大的公署裡，就算他臂膀最長，話語最靈。舅父什麼事都聽從他，簡直到了迷信的程度。就在這個時期裡，他看上了我的表妹曼仙，勾引她，使她未達成熟的年齡就墜入戀愛的瘋狂裡了。我的愛，剛好是她的表姊——我姨母的女兒雪雁。這時她們正在同一個學校裡唸書，朝夕相從，感情非常和睦。我同野莘都是祕密的去幽會，因為我們的目的相同，所以我們才能那樣毫無忌諱的同行。

他盡是談話，一路上盡是那樣的喋喋不休。他說我們在遊湖以後，最好合雇一輛汽車，在湖邊兜了一個圈子。他說他熟悉一家新開的汽車行，他去雇大約可以多打點折扣。他又說兜過了圈子，再吃次大菜，看夜戲，然後開一個旅館——最好是武林大旅社，因為那裡他可以掛帳。他暗示給我所有奢華的，安逸的，旖旎動人的幻夢。他約略的計算了一下，說每人只要化上二三十元就可應付裕如了。但是我，雖然就在目前的幸福使我激動，但那一種好像命上注定要失望的預感，卻使我困惱。雪雁新從鄉下出來，當然還免不了羞縮，免不了膽怯。而且她已訂過婚，她的未婚夫是我的表弟——就是我舅父的兒子，而我現在正寄食在他的家裡。這關係，當然使她不敢怎樣大膽的接受我的挑撥。何況我從未向她公開表示，就是昨天那張約會的條子上，也只有幾句模糊的，影射的話語。那短簡能否遞到還是疑問，就準之已經遞到，她看了以後是否願意，卻更難說。

我懷著惴惴的心，跟在我同伴的後面，我的精神忽而緊張，忽而鬆懈；一時感到所有的幸福都已實現，但忽然所有的希望都消滅了，留下來無底的黑暗。我臨事老是這樣的懦弱，這樣的優柔寡斷，這樣的喜歡往絕望掃興方面想。走一步，慢一步，猶豫心情的增濃，竟使我隱約地感到一點兒恐布。想到雪雁如果公然在他們的面前拒絕我的邀請，或者給她未婚夫偶然碰到的難堪，我幾乎想在半途踅回。像我這樣膽怯的，神經過敏的男子，不要說不能做什麼事，實在就連談戀愛都夠不上資格。

天色越來越明朗了。遠峰漸漸褪出了濃霧，遠在對岸的別墅，看去只像疏落落的白點。繫在柳樹下的畫舫，都紛紛的解纜了，綠波的深處頓時蕩漾著歌聲。那在晨霧裡聽來纏綿，黃昏時顯得淒厲的軍號聲，在這晴和的午後，卻如此雄壯。

狼狽的心情漸漸平靜下去，我開始走得很快，野莘幾乎趕我不上。但是走到平湖秋月的時候，一看表，已是一點多鐘了。我們在不知不覺間，已經誤過了時刻。一陣急，使我們得了莫大的勇氣，用長距離賽跑的方法代替緩步。我很少跑路，平日總是跑不到幾步就會喘氣；尤其是在去年大病後，就連較急的走路都覺困難。但現在，我卻毫不放鬆的跟住他，不讓他先跑前一步。可是我的眼睛終於眩暈起來了，一條修長的馬路，彷彿變成了一些模糊的圈圈，路旁的沙礫，彷彿都在迸裂著火星。我的頭，也隨著沉重起來。我幾乎載不住軀體，若不是為熱情所支持。我們有時碰到了電柱，有時同黃包車伕撞了一個滿懷。聽了那些粗野的，無禮的詛咒，我們並不站定了鬥氣，因為實在沒有多餘的時間給我們在路上勾留。我們如果再不趕快跑，那她們會怎樣怨恨，怎樣的焦灼！

我的臉色灰白，喘不過氣來，拖著一雙腳就如拖著一具犁。人們很驚奇地看我，站在路崗上的警察，幾乎想禁止我們。我們其實都感到了絕命的疲乏，恨不得隨便倒在那裡休息一刻——只要休息一刻。但是那湖水，湖風，溫暖的臂膀，親切的撫慰，以及武士式的矜誇，這一些憧憬是那樣的鼓舞著我們，終於使我們勉強地支持到底。當我們跑過西泠橋，看到岳墳的時候，我們真的禁不住歡呼，喘著氣，斷續地喊出我們的快樂。

但是還不到岳墳，我們忽然的一陣怔忡，一陣驚愕，因為我們看見她們正在白雲庵前僱車。

「怎麼——你們打算那裡去？」野苹失聲問。

「回家去。」

「回家去？怎麼你們全不記得那件事？」

「記得的，不過天曉得你們什麼時候會來！」曼仙似乎有點生氣。

「對不起。我們——不過現在總算趕到了，是不是？」他一面說，一面馬上退了黃包車，而且提議到她們的學校裡休息片刻。

他們並肩的在前面走，似乎有意的撇下了我同雪雁。但雪雁卻不解這種意思，或許不願意這樣，老是不前不後的走在當中。她沉默地低著頭，顯出那樣莊重的，大方的態度，以致使我不大敢開口。就是偶然說幾句，但接著卻是更難堪，更苦窘的沉默。他們卻談得很高興，很歡暢。襯著那種親密的樣子，使我們的冷淡，變成更觸目。

盤算了半天，我膽怯地問道：

「學校到了嗎？」我記得這句話已經問過三四次了。

「就在那邊，你看，那些白房子。」

「學生很多罷？」

「還不上一百。」

「先生嚴厲嗎？」

「很寬鬆。」

「很寬鬆？」

「你以為寬鬆是不應該的——你以為？」

「並不是這個意思，不過你們的年齡還不及從前的高小生，你們都還是些不大懂事的小寶寶呀！」

她不說話了，彷彿我的話衝撞了她。我為什麼要說她們還是些小寶寶呢？她們不是已經懂得了戀愛，而且正在戀愛了嗎？我不論做事說話，老是帶幾分傻氣，不恰當而且好笑。難怪我向女人獻殷勤，結果老是失敗的。

校舍是經過粉飾的舊屋。緊鄰門房的，就是學生會客室。幾條凳，一個桌，兩張學生團體的照片。滿壁都是蜘蛛網，磚石發霉的氣息，窒塞我們的呼吸。女學校裡的房屋，會如此陰沈，如此簡陋，簡直難以使人相信。在我們過去經驗中的女學校，總是光明的，愉快的，到處都可以聽到婉囀的歌喉，和著嘹亮的琴聲。但那天，就連較動人的笑聲都不曾聽到。我們去看了校園，校園是荒蕪的；去看了教室，教室是黑暗的；走進了飯廳，卻只見一些雜亂的飯桌。總之，這整個學校，實在給我們一整個壞印象。想到我們的心肝就在這裡面唸書，就在這裡面作息，我們不免感到了一點懊惱。

走到一條走廊的盡處，他們忽然不見了。他們的故意避開，我知道，是要給我一個邀請的機會。時間是短促的，我如果不快點下手，那這一次的冒險，又會毫無結果。

我抖擻精神，輕輕的問道：

「你樂意出去玩玩嗎？」

「那裡？」

「隨便——最好是湖上。」

「也好。」她的答應是勉強的，「請在這兒等一歇，我上樓換衣服去。」

她上樓去了。我的心是這樣急，但時間過的卻是那樣慢。我站在走廊裡，看看來往的校役，唯恐他們來質問。有幾個女生走過我的身旁，露出奇怪的，探問的眼色。尤其使我放心不下的，是恐怕表弟也趁著假日來訪雪雁。我等了又等，傾聽著，希望樓梯上有她的腳步聲。但四周始終沉寂著。我越等越急，越急越怕，唯恐她有心玩弄。想叫門房去喊，但那奸滑的老漢，卻回說他不知道新生的宿舍號數。我自己又不敢跑上樓去找——因為女學校不比男學校。正在這個進退兩難的時候，他們臂挽臂的向我走來。

「你獨個兒呆在這裡幹嘛？」

「她上樓換衣服去了。」

「那已經答應了？」

「答應是答應了。但她上樓去已經很久，曼仙！盡等在這裡我心慌，請你喊她下樓罷。」

終於她下來了。她改了服裝。她繫了一條黑裙，上面襯著天青色的短衫。一雙紅色的皮鞋，大約是新置的，擦得很光亮。我平日最喜歡女人穿高跟鞋——那樣會使腳富於曲線，而且合於天然的節奏。我不喜歡少女著黑裙，那顯得老成，顯得村俗，那太像老太婆的裝束。但在她的身上，卻顯得那樣樸素，那樣高雅。在都市裡的香豔中過久了，突然看到這樣潔素的打扮，彷彿吃一口清茶，我感到一陣涼爽。我注視著她，這鄉下姑娘會很迅速的變成這樣美麗，我微感驚異。她臉紅紅的走在我們中間，還是同以前一樣的避我，而且更緊貼的跟住曼仙。

「你為什麼老是跟著我？」曼仙笑著問。

「她以為我是蛇蠍呢。」我很快的插了一句嘴——自以為很聰明的，想逗她發笑。但她卻蹙著眉額，一聲也不響。看她的樣子，我知道自己又把話說岔了。

走到湖邊的時候，野莘忽然問：

「四個人同船，還是兩兩分開？」

「這是怎麼講？我不懂為什麼分開——」雪雁氣憤憤回答。

「他不過隨便問問，以為人少比較舒服點，請不要誤會有別的用意。」

曼仙說得很委婉，她也就平下氣了。

船都盪開了。沿岳墳一帶，只剩下三四隻。船破舊，索價又貴，我們都遲疑不決。這時太陽已經轉西了，湖水上碎著一片陽光。天上無雲，清朗的一望無際。因了陽光的蒸郁，荷花的香氣，更來得馥郁。景色是這樣明媚，給她的冷淡陰沈下去了的心，這時又漸漸的熾狂起來。我滿望想出一個方法，使她願意同他們分離。湖水，湖風，溫暖的臂膀，親切的撫慰，以及武士式的矜誇，這些似乎已近實境的憧憬，這時更進一步的撼動我。我跑去買生菱，買生藕，以為水果買來，她再也不好過拂人意了。那料我正要跑進水果鋪，忽然聽到雪雁喊我。

我驚奇地跑回來問道：

「什麼事？」

「你可以少買點水果。」

「為什麼？」

「因為我要先回家。」

「先回家？」

「我不回去家裡會掛慮。而且我有點頭痛，是的，有點兒頭痛。我不能奉陪了，所以我想你只要買三個人的水果。」

她說話時，現出很固執，很堅決的態度，雖然經過我們的苦勸，我們的哀懇，但她卻一點也不遷就。她固執地抄直路，沒有一點轉彎的餘地。我們不知所措的凝視著她，苦悶地沉默著，不知應該怎樣才能挽回她的心。這半途的碰壁，突來的掃興，使我慌亂了。一些欲壑難填的船伕，還不知趣的向我們糾纏，要我們多出一點價。他們喧鬧著，催促著，更使得我們失了主意。其實只要她回心轉意，什麼價我不願出？

「我決計不去，你喜歡就同他們去罷。」

「這怎麼——怎麼可以？我們四個人出來，最好四個人同道去。」

「但我感不到一點興趣。」

「就會感到興趣的，」我說，彷彿又有希望了的一樣，「這樣涼爽的天氣，馬上會醫好你的頭痛——」

「但我已經決定了。」

「絕不能通融嗎？」我差不多哭了，「你如怕回家太遲，那我們就少玩一刻罷。」

「實在不能勉強。我這樣頹喪，使你們也會感到不歡的。」

「不，只要你願去，無論如何我們會快活的，會快活的……」

我用袖口擦了擦眼淚，實在我不能再忍受失望的摧殘了。但她看了看我，好像鄙夷的樣子，說道：

「不論怎樣我都要回家。不過，你如願陪我——」她說得是那樣鎮靜，那樣泰然，一句話都有一句話的力量。聽她說願意我陪她回家，我們都像重得了光明，頓時又活潑起來。於是我們決計分兩道——他們蕩船，我們卻走路。在我臨走的時候，曼仙臉紅紅的，低聲向雪雁說道：

「如果你到我家裡，表姊！請代我說一聲謊。」

溫暖的，但不是鬱熱的陽光，酣暢地睡在裡湖一帶的荷葉上面。荷花是紅的多，白的少。那蒙密的香，那鮮豔的色，使我們感到古怪的甜蜜。四面是一湖的碧，上下是一片的空。遠處有鳥聲，因為太悠遠，太杳渺了，我們辨別不出是誰的歌唱。我們只覺得一片諧和，一片宛如夢境裡的箜篌。公車在前面疾馳。它那神奇的迅速，在這午後的蒼空下，似乎帶點兒懵騰，帶點兒醉態。喔，這是多愉快的，西湖的五月！

她在前面走著，那綽約娉婷的姿態，把我迷住了。她還是鎮定的，沉默的，不大願說話。但在那沉默之中，我已看出她的眼睛漸漸地發亮，臉孔漸漸轉成微紅。她時常假裝看後景的樣子，看了我一眼。她的黑裙輕柔地飄蕩。身體的曲線，就是她不著高跟鞋，也很清楚地顯出了。那雙玲瓏的，纖美的天足，特別的使我銷魂。

「你為什麼感不到興趣？這樣柔媚的天氣！」

「他們的關係誰不知道？如果我們雜進去，你想，有什麼意味……」

她動人地看我一眼，這一眼，使我壯起膽來了。

「那麼現在去——現在只剩我們兩個……」

「現在去？」

「是的……這正是時候……」

「不可以。」

「為什麼？」

「如果給他們看到，不要說我們的閒話嗎？」

「再不會碰到，這樣偌大的一個湖，我親愛的姑娘！」

她臉紅，我也臉紅了。我從未用過「親愛的」三字稱人。第一次喊出這一聲——這輕輕的一聲，甜蜜的滋味上著實混含了一點兒恐怖。

當我們走到了一帶深邃的，濃媚的樹蔭下，忽然聽到在背後的畫舫上起了一陣狗男女的竊竊聲：

「你看那一雙，一高一矮，多滑稽！」

接著是一陣狂笑，一陣難堪的，尖銳的狂笑。聽了這刻薄的譏刺，我的憤怒幾乎爆發了。這是如何的侮辱，如何的羞恥！我們實在是一高一矮，很滑稽；但這也足以使他們這樣開心，這樣狂笑嗎？她的臉色蒼白，加急了腳步，還回過頭來瞪我一眼——表示她的難堪。她的確是不能忍耐的，這樣無故的受人嘲笑——而這嘲笑的人，又是幾個無聊的，毫不相干的狗男女！

「你不覺得難過嗎？」她忽然問我。

「不難過，只要你願意——命令我一聲，就是為了這個同他們去決鬥，拋了命，我也絕不後悔的。」我說這話時，磨拳擦掌地，把手指弄得霍霍一響，好像真的要去決一個雌雄。

「那又何苦來。」她向我譬解，說同這種人計較，是不值得的。但她顯然又變得沉默了，而且愈走愈快，彷彿要立刻逃開那些狗男女的視線。我也感覺得不安，我實在太高大了。她雖然身材適中，但一走近我，就顯然矮得好笑。

我們默默地走到平湖秋月，我的希望又重蘇了。離旗下已經這樣近，如不再請求一次，那麼所有的希望就會馬上消滅。

「雪雁！你允許我雇一隻小划子嗎？」

「做什麼？」

「到旗下已經很近了，我們可以雇一隻划子蕩過去，用不了多少時間的——」

她聽了我顫抖的聲音，只一笑。過一會她才說道：

「坐船怪討厭，我不慣。而且在旗下倘若給你的表弟碰見？……」

我極力想說明坐船並不慢，而且給表弟碰見，事情絕不會這樣湊巧。但她絕對不聽從，搖搖頭，表示她是下了決心的。

「我坐黃包車回去。」她要我替她僱車。

「蕩船不是比坐車有趣得多嗎？」我乘機想再央求她一次，但她對於我的熱情，毫無憐憫；她不回答我的話，卻自動的喊了一輛黃包車。

我的心沈下了，我最後的幻夢已經打破，我傷心地望她上車。她也並不向我說句溫柔話——這是我最後的妄念。

「你就這樣走了嗎？」

「你還要什麼呀！我實在什麼也不耐煩——厭人的沈悶！」

我沮喪地望著前面，好像望著一片空虛。想起正來的時候經過此地，是那樣的興奮，那樣的熱烈；但現在，卻所有的情景，彷彿都掩上了一層黑暗。野苹和曼仙，這時他們在三潭印月，也許還是在湖心亭？想起他們並坐在船梢調情，我覺得一陣自傷，一陣妒羨。

但是，天下不幸事老是雙行。當她正要向我忍心告別的時候，我們忽然聽到了一聲呼喊，從剛剛停在附近的一輛公車上發出。

「雪雁！你上那裡去？」我聽出是表弟的聲音，不禁打了一個冷戰。

「回家去。」

「那是表哥嗎？」這近視眼，認清了未婚妻卻還認不清我。

「是的。」

聲音漸漸的逼近，表弟似乎很驚訝的，走過來握手。

「你到過岳墳嗎？」

「沒有，我們是在路上碰到的。」我竟撒謊了。對於這欺騙，我感到慚愧。

「記得你是告訴我上戲院去的，是不是？」

「本來我是那樣想。因為找一個姓徐的朋友不著，一個人又沒有意味，所以獨個兒出來逛逛。」

「可是——」他斜睨我一眼，不信任似的說，「有位姓徐的朋友到我家裡找過你。」

「那他一定先去找我，因為我到他家裡的時候，他不在。」

「但他說等你不著，才找我的家裡去。他還說你不守約，以為你有急事或者病倒了，那料你卻獨個兒在湖上逍遙？」

他大聲地笑了。我無話好說，我覺得自己的祕密已給人揭破，給人看穿，我覺得受了無禮的盤問，難堪的審訊。我差不多又因羞憤激成暴怒了。我想厲聲的辯白幾句，責斥一番。但我的嘴唇抖了，我的嗓子也嗄了，我說不成話。

「你想回去了不是？」他們同聲問。

「不——謝你們好意。我還再走一點路，再逛幾個地方，因為我已好久不到西湖了。」

說了這些話，我覺得鬆了一點，因為可以馬上走開了。

他們唧唧噥噥的同坐黃包車回家。我卻憂鬱地，沮喪無言地獨上孤山。

牙痛

某一天晚上。

外面是一片美景。鮮亮的夕陽，正照在灰黑的屋瓦上，在蒼老的樺樹上，在荒涼的田野上，異常耀眼。在晚照中的野景，從不缺少這種柔和的情調。這情調，彷彿是襲輕呢的大衣，一穿上身只會叫你感到軟，感到暖，但同時卻使你記起寒伧時候的悲哀。這種一半舒泰，一半愁慘的感覺，我真愛享受。沉浸在這種情調中，我老是歡喜：在那蕭瑟感人的阡陌上來回地踱到天黑。在那時，最使我感到悠然的，是我剛要走向回家的路上，忽從微紫的暮天外，遠遠傳來一聲低沉的汽笛；在背後，在我靜默的，輕愁的，幾乎是虔敬的諦聽中。所以住鄉下的時候，在這種晚上，在這種郊外，聽這樣杳渺，這樣飄遠的汽笛，確是一種神妙的享樂。在平日，我是從不間斷這種享樂的。但現在，我病了五六天牙痛，已經整四個日夜不曾出門了。一個人孤寂地睡在床上，沒有安慰也沒有憐愛；每天，當這溫暖的黃昏，望著窗外的鮮亮，記起在郊外漫步時候聽到的，那種幽微深遠的汽笛，我便更覺得孤寂，更覺得無助。在日間，妻雖則照例的來望我幾回，但是誠心的安慰，熱誠的溫存，卻是絕無僅有的。從前的那種恩眷，那種體貼，早已不見了。剩下的，只有無可奈何的敷衍，她的慰問都已成了千篇一律的重覆。她顯然已經厭惡了我，厭惡了我的病痛。因為這病痛，是只能給她煩擾的。在她有幾次含糊的回答，以及任性的行動中，我看出了這個，而且懂得了這個。想起她以前侍病的殷勤，問候的真誠，我覺得非常難受。這異常的惆悵，每因暮色的降臨，暮色的增濃，漸漸變成憂疑參半的自傷……

「現在可好些？」

這時妻正從門外進來，看見我睡在床上，失神似地注視著窗外，注視著黃昏，隨便地這樣問我。這一次牙痛，她在白天來望我，每次老是問這樣一句，我看出她的隨便，不高興回答，只把被頭緊緊地矇住腦袋。

她異常聰明。看穿了我的脾氣，她便悄悄地走到床沿，蹲在腳凳上，把我蒙著的被頭掀去一角，同時一雙熱燙的小手，輕輕地放到我的額上。撫摸到我的腮上，她才初次發現了一個奇蹟似的，驚訝地喊道：

「可憐，竟半張臉孔浮腫了。」

她說得異常輕，異常柔，但沒有一點兒熱情。牙齒已經整整地痛了五天，但她說「可憐」，竟還是初次。記得前幾年，在新婚後，不論我有什麼病痛，她確是非常焦灼，非常擔憂。就是極輕的頭暈，眼紅，或偶冒了風寒，她都是急個不了的。有幾次，為了一點小毛病，她竟請遍了全村的醫生。她懷疑這個的手術，懷疑那個的學識，覺得所有的醫生，全是不夠資格下手的蠢才。她那樣謹慎，那樣焦急，似乎這樣一點小病痛，就會把她相依為命的丈夫給毀了。她性急，我又這樣的多病，所以在先前，她確是多掛慮，多焦愁的。但這次牙痛，已經過了這麼久，她卻一天也不曾為我擔過心事，這冷淡，真使我難以捉摸。我們過活得平平安安的，不曾吵過嘴，也不曾有過其他裂痕；但她對我的疏遠，對我的倦怠，是顯然的了。在白天，牙齒還痛得可以忍耐，但一入黃昏，那一陣緊似一陣的疼痛，卻真是難挨。那不絕的呻吟，是她聽得的，但從不曾跟先前同樣的溫存過一次，撫慰過一次。她只取自便，裝假睡。有時我杯裡的冷水完了，喊她起來再舀點，她答應是答應的，但答應的聲音，是那樣緩慢，那樣煩燥，似乎很不願。有時她竟不曾去舀水，又重新入睡了。就是馬上替你拿到水，她卻始終不會饒放你，使你安安心心的喝水，她會得給你另一種難堪——向你毫無理由的發一陣牢騷。有幾次，她竟嘰哩咕嚕的嘮

叨到半夜。使你在牙火外，還不得不直冒心火。她說半夜睡不著，剛想睡，偏偏我又要茶要水了。她說服侍過多少病人，但全不跟我一樣多事，而且他們的病全比我厲害。聽到這抱怨，我真想不顧一切的撲了過去，痛她一頓。但半夜三更的吵醒一家，吵醒四鄰，又下不臉去，所以每夜都只得自己鬱悶著挨到天亮。看那灰青的曉色照進窗戶，想到自己又孤苦的輾轉了一夜，竟下淚的事，也有過幾次。但是妻，卻呼得很響，好像全無憂心的睡興正濃。她近來為什麼這樣的冷淡，這樣的漠不關心，我始終猜她不透。這啞謎，真夠苦悶哪！

「走開！」

我讓她撫摸得不耐煩。心火熊熊的這樣回答。

「討厭我？」

「那我走就是。」

她真個拖著鞋子，往客廳裡去了。那步履，我聽出是異樣的響亮。她穿的是拖鞋，但走在地板上，就如穿著木屐鞋在大理石的樓梯上踉蹌，發出的聲音又煩燥，又逆耳。她走出這樣大的聲音，我不知道是負氣，還是出之疏忽。她從不曾走路這樣吵過人，尤其是在我有什麼病痛的時候。就連穿軟底布鞋，或者膠皮底鞋，她也唯恐出聲太大，把我吵醒了叫她自己難過。但現在，卻似乎唯恐腳步欠重了。這到底是因了什麼，因了什麼？……

聽她的腳步聲漸漸遠去，漸漸遠去，以至於消滅。我的思潮愈過愈紛亂。想到妻近來態度的古怪，好像悶著一口氣，又似塗著一嘴糞，那樣的不安，那樣的驚疑，是我從不曾經驗過的。這時已經黃昏，不，簡直已是黑夜了。一間陰暗的，潮溼的臥房中，只剩下我一個。牙齒痛得更厲害，太陽穴的神經，跳動得異常猖獗，異常急烈。黑黯從室內漸漸的擴張，漸漸的瀰漫了四周。窗外已經完全靜寂了，聽不見一點聲音，看不見一個生物，偉大的沈寂，使人起了一種墓居的感覺。除了一縷兩縷斷續的寒煙，更不覺一點生命的痕跡。在這陰涼中，我是多孤寂，多無依！雖已有了多年的妻室，但在這俄頃，我覺得還是可憐的單身。這感覺，又如冰，又如火，盡在我的心頭冷熱交攻。最苦腦我的，是在忽然間，聽到母親跟妻的狂笑。他們正在客廳上吃飯，在笑聲中，雜著嘈嘈急響的杯盤聲。而且她們竟笑得那樣高，那樣蓬勃！我真怒極了。試想想，一個有病痛的人，（不論他病的是重是輕）給拘在床上，看著黑夜的逐漸逼近，逐漸增濃，一脈孤寂的感覺正苦惱著他，煩擾著他，忽然他聽到了——遠遠地，幾聲歡樂的狂笑。這響澈的笑，許是出於無意；但在他想來，彷彿是存心嘲弄他的虛弱，他的衰頹。而這苛毒的聲音，他最後察到，竟出之他最親愛的。這發現，如果不會像一聲霹靂，一錘重擊，那才是希罕。你不信，試看我，這笑聲竟使我的思想起了顫慄，靈魂起了震抖，就連身體也似乎萎縮了。我呻直著舒一陣，又捲曲著緊一陣，這樣的杌隉不安，使得牙火又星星的直竄。我不懂她們這樣毫無憐憫的歡笑，是不是她們已經忘了這陰黯的房裡有一個人病著，而這人卻是她們的親骨肉，並不是陌路？她們在談話中，可曾談到自己的不能忍痛，而把這脆弱當為婆媳間開玩笑的資料？她們難道會以自己的痛苦為談助，為笑柄？如不是這樣，那有什麼事使得她們這樣開心，這樣高興？她們感到了什麼，想到了什麼？她們可已全不顧自己的牙痛，這抽筋似的牙痛；從前可有過這種現象？「不曾——」我自語說，「這確是一種新的冷淡，新的遺棄。……」

夜色已濃，但房裡還是黑的，沒有人送亮進來。

「燈哪！」

我帶怒的喊。但他們依然的笑，而且更響亮，我的喊聲給掩過了。

「燈哪！」

我再大聲喊，並在床上用力的擂鼓，這瘋狂的腳聲倒使她們留心了。

「快送個亮去。」

母親答應了，但是妻，卻沒有一點動靜。

「來不來一個亮哪？」

我又喊，又踢，床板震動得怪響——我要試試妻究竟答應不答應。

「來了。」

又是母親的應聲。

門外已有人送燈進來，我以為是妻無疑了。但抬頭一望，送亮的卻是丫頭阿竹。她把一盞煤油燈放在桌上，展好了適當的光度，彎一彎嘴問：

「少爺，奶奶問你要吃點什麼？」

「喊她自己來！」

我怒聲回答。阿竹大約見到我的怒容，畏縮著，不說第二句話的溜走了。

大約過了五六分鐘，妻才滿不高興的進來，而且仍然毫無顧忌的把鞋拖得很響。她雖然滿臉不情願，但說話的聲音，倒出乎意外的柔和。她問我要吃點什麼，要蓮子粥，還是要葛粉。她邊問，一邊卻嘴裡嚼著我暑天買回家的牛奶糖，並且還在左手上拿了半罐。她遲遲不來已使我異常生氣，看見她那咀嚼的，安閒自在的神氣，好像是毒上加毒，火上添火。記得牙齒前幾天原不大痛，但四天前的一夜，因為同她多吃了糖，才痛得這樣厲害。如今她又在我的眼睛前吃了。這使得我不假思索的，把半罐糖搶過來摔在地上：

「吃你媽的！」

糖全傾在地上，但罐子飛了一空，沒有傷她一點什麼皮，什麼骨；而且怪極的，是這暴急的一摔，竟把她那陰沈的，不高興的臉色給驅掉了。她柔聲地問我為何這樣生氣，她說她並不曾得罪我什麼。我聽著她的話，背向著床壁，還是一點不理她。這一來，她更柔聲下氣了。她把我的被縟重新鋪過，然後挨近床沿，向我瞇眼笑了笑，一步挨一步的坐了上來。她賠了罪。她說她很知道點燈睡，不是我所習慣的。她以為我牙痛，最好多睡覺，安心的靜養。所以遲一忽送亮（她說原想同點心一道），會使我這樣生氣，她倒非常奇怪呢。聽她那種並無存心厭倦我的話，我又不禁把心軟下了。

「那沖一小碗葛粉，糖少放！」

妻唱諾了一聲，從碗廚中拿出了葛粉，似乎逃命一樣的上廚房去了。

吃過了葛粉，牙齒較前更痛了。又痠軟，又奇癢，牙齒似乎永遠給刀子鉗著，想把它拔下，但它偏偏給膠住在鮮肉上，動搖是動搖的，但叫它落下總是不能。所以這不是爽快的痛，是盡你挨受的苦刑。頭也昏沉得非凡，神經跳得特別響，似乎要從太陽穴裡躍出的樣子。到半夜，兩頰好像一分分，不，簡直是一寸寸的腫脹，手一摸，就了不得的痛。而且一人眼花花的楞望著黑窗，楞望著陰灰色的天光，輾轉地反側，更覺得孤苦，因此我想喚醒妻：

「素仙，怎麼辦——」我搖她；「我快痛死了。」

「唔……」

「素仙，素仙！」看見她不醒，（是假裝還是真的這樣好睡，誰知道？）我連聲喊她。

「什麼事?」這時她才翻個身。

「你真放心哪!」

「為什麼?」

「因為我牙痛得這麼厲害,你卻——」

「叫我有什麼法想?我又不是牙醫。在我們鄉下,什麼病都得聽它自然生,自然好;假使在有醫院的城市,那就兩樣了。」她不高興的嘮叨;「你的牙齒也真怪,三天兩天痛,我看還是拔了它的好。」

「可是素仙——」

「勉強合上眼睡罷。」她亮著眼說;「病又不比衣服,可以隨意的穿脫……」

她懶懶地說,開了次大口,似乎又想酣睡了。聽她那種淡漠的聲音,我只得默然。

「安靜點,能夠安靜許可好過些,夜已經深了。」

因著我的忽然靜默,她又似乎不好意思的安慰我一陣。但這勉強的安慰,更使我難過。因為在這安慰的溫柔中,我總覺得她從前的真誠,已經不見了。她的話已經缺乏熱情，缺乏憐愛。她似乎不得不這樣的敷衍我，她給我的已只是不得已的溫存，一種名義上的關係所維繫著的親暱。這親暱，只使你感到一種愁悶，一種不安。她竟會變成這樣，我不知道是年歲的麻痺，也還是她內心的倦怠……

我為了避免自討沒趣，原想忍耐一下的，但是一陣陣的劇痛，不能叫我合一闔眼。又一陣劇痛，一陣古怪的劇痛，竟使我從床上跳起，我想冰一冰牙齒。但杯裡的冷水早完了。我想要她起來再舀點，可是經了許久的躊躇，才低低的溜出一聲「素仙！」。她不好聲氣的回答我「又怎樣哪？」，連頭也懶轉的，儘管自顧自的睡。我想再忍耐一下，是的，我為什麼不忍耐到天曉呢。我舉起杯來，想多少喝點殘水，但入口的只是一陣陰涼的水氣。而牙齒，喔，卻是多渴想冰一冰，只稍冰一冰的清快！這時已過了三點，窗外，正括著大風；荒野上，有枯葉碎身的哀咽。幾星彌留的燈火，在淒切的寒風中，襯出無窮的幽寂。聽著隔牆的犬吠，我翻一翻身，又翻一翻身。這無人垂憐的翻身，真夠慘。我又不禁酸鼻了：

「替我取一點冷水罷，素仙！」

「冷水又完了嗎？」

「是的。」

「喔——」

她答應得那樣緩慢。那樣煩燥，似乎很不耐煩。我聽到穿衣，因為心神的不屬，她竟穿了大半天。那生硬的聲，真夠我活受。衣服穿好了，於是一根火柴，又一根火柴——還得再來一根，一支洋燭才給點著了。於是一張繃得緊緊的長臉，醜臉，一個中年婦人厭惡丈夫，但又不得不替他做點事情時候的臉孔，在震得很厲害，搖搖欲滅的燭光下顯現出來。她懶懶地擎了燭臺，也不看我一眼的出去了。門開得很響，鞋拖得更響；在關門的時候，喔，難道那竟是她說出的：「真吵得同孩子一樣——這樣的一點小病痛！」

侏儒

——這也算是婚禮嗎？

是的，這也算是婚禮嗎？一隻破篷船，算禮堂，又算洞房。一道齷齪的，朽腐了的板門老是急緊地關在那裡，誰知道裡面有些什麼陳設？他們在裡面玩些什麼把戲，又誰能明白？從棕葉縫裡溜出來的樂聲，聽來真夠沈悶。一頂茜紅色的轎，四角裡掛著燈籠，旁邊緊貼著一輛載妝奩的獨輪車。車伕疲倦地坐在一旁，似乎很不耐煩的聽著婦人們的喧鬧——她們正在競看那些寒伧的陪嫁。在縣府裡倒馬桶，掃遊廊的老頭子，在指揮這個，指揮那個的，似乎匆忙個不了。橋左的一個草坪上，為著婚禮臨時搭成了一個布篷。穿大紅棉綢衫，著黑布裙，卻仍然赤腳的江北婦人，在臨時築成的露天小灶上烹調食物。一群不掛半絲的江北小頑皮，卻在炎陽中汗臭淋漓地跑東，跑西，跳躍著作樂。

——這也算是婚禮嗎？

是的，這也算是婚禮嗎？這天真的，驚奇的疑問；這清脆的，動人的聲音，把縣政府書記何侃的視線吸引到後面去。喔，這一發現可了不得！——原來他身後正站著四五個女人，說這話的卻是一位頂年輕，頂時髦的漂亮姑娘。她嬌媚地笑著，很貪心地望著那隻破篷船，似乎想窺出內部的祕密。她衣服蔥白，微黑的臉色，象徵出她的健康。那黑中帶藍，明中帶暗的眼睛，閃出光芒來真夠有神。她的頭髮很短，從身後望去，直像個男子。直像個男子？正是。但這可不是她的缺陷，在他心目中，那正是最有魅力的一點，他喜歡這種男子型的，強健活潑的女人。他不愛病態。他有的是新頭腦，新思想，他絕不再迷戀那些孱弱的病軀——那簡直是些毫無趣味的骷髏。他幻想，幻想出一個寬暢華麗的客廳，在明耀柔媚的電光下，他跟她……她究竟是誰？……但這不管……她總是她……姓名以後自然會知道。……當然那時他已戀愛成了功，而且結了婚，她已是一個典型的賢妻。……不錯，他跟她坐在一張沙發上，同唸著晚報。她偎依著他，從他肩上透過洋溢的眼光。那眼光，他想，……他嘴上含著一支香菸，因為吸法已很高明，那支菸就像憑空地黏附在他的唇上。正唸得有趣，忽然聽到門開了，他們最忠馴的僕人進來，說有一位來客求見「少爺」……並不是「奶奶」……他點點頭，於是來客被請了。……一踏上門框——自然這是位生客，從不曾見過他同他的夫人。——就高聲的問道：「那位是何侃先生？」……那位是何侃先生？……一聽這問話，他們就耐不住笑出聲來，因為那來客竟把他們認為一對男人！……一對男人！……而他們，實際上卻是一男一女，一夫一婦……

因為她的後貌像男人，他竟墮入這種荒唐迷離的，家庭生活的憧憬中。他的全身捲入恍惚的夢境，眼花花的痴望著她，想引起她的注意。但她卻高傲的，目空一切的凝視著遠處。她一時搓搓手，一時掠掠髮，重覆地說著：「這也算是婚禮嗎？」她笑得異常高聲，臉上閃耀出天真的暈彩。對這半開化的，簡陋的婚儀，她覺得快樂。這排場實在太好笑，太滑稽！但她突然蹙起額，垂下臉，促她的女伴回家。顯然他的凝目已給她覺得，而且使她著惱了。他幹嘛那樣忘形的看住她呢？他的醜，難道自己還不知道嗎？他的背微駝，走路時一搖一擺，像負有什麼重載似的喘個不住。他臉色焦黃，曾經手術的，扁而又亮的缺口上，疏落落的生著短髭——像亂草，又像馬鬃。一開口，那嘴唇的翕動真有點離奇。他的聲音是沙嗄的；他的頭髮是凋落的；他的眼睛上，還憑空地畫上了一道傷痕。其實最糟的，還是他的個子。這樣倭，又這樣消瘦！走路的時候，像隻螃蟹；喘息，又像頭笨驢。女人最愛的，是堅實，發育得很魁偉的漢子——如果我們是女人，也是一樣。因為他們很剛毅，很高美，有能力保護。但是他，卻倭得不成話！女人大都不十分高大，但比他，卻還高上半個頭光景。站在她們的身旁，喔，多可羞，簡直像個毛頭毛腦的小鬼哪！他不時幻出各種幸福，但一想到自己的身材，就夠氣餒。他也曾使過許多變高的方法：譬如鑽狗洞練拳術，但都不成功。可惜高跟鞋又是女人特享的利益，否則，他想倒可以買雙來用用。……

這些難以補償的缺陷，難道他自己還不明白？明白的，當然。但是一接觸到她的眼光，他就拿不穩自己，毫不躊躇毫無戒心的愛上她了。愛上她？喔，這是怎麼一回事？這種野心會給他失望，會給他痛苦，誰都可以斷言。但他卻不自量的，下了追逐的決心。對這渺茫的決心他雖然有點恐怖，但並不畏縮。

他自奉很苦，但為了這個新的追逐，竟做了一件單法蘭絨的西裝上衣。雖然那是起碼貨，但在他，卻已是非常大的犧牲了。他不帶草帽，也不著皮鞋，很滑稽的配上一條制服褲，同上海理髮師的打扮全然一樣。一到下午五點鐘，他就穿上這身禮服，招搖過一條小巷，在巷尾的一個高阜上，看了一回在落日中漸漸昏黯下去的田野，然後緩緩的踱回巷中。這時，他就可以看到她正坐在模糊的電燈下乘涼。因為燈光很朦朧，她的臉色，看來有點蒼白，有點恍惚。晚風吹亂了她的軟髮，一半掩上了她的前額。那種似乎乏了的，不勝晚涼的姿態，真使他著迷。

像這樣逡巡了半月，他才知道自己追逐的姑娘，是陶醫生的寵女雅君。她在女中裡唸書，整天生活在男性的包圍中。在她面前獻媚的英雄，不知多少，但能得她歡心的卻一個沒有。她喜歡玩弄男子，娛樂自己。她的高傲，她的殘忍，和她的美貌同樣出名。像何侃，她簡直一見就會頭痛的，還說得到什麼情愛。但這熱昏了的可憐蟲，卻以為自己的漂亮西裝，足以誘惑她而有餘。他生性燥急，什麼事都想一蹴即就。對於愛，他也以為一言兩語就可決定命運的。他不知道愛要使你歷盡所有的艱險，嘗盡所有的困苦，才給你一線微光，而這微光會不會像虹彩一樣的燦爛，還得看你的命運。他想愛就愛，不愛就拉倒。要試探對方能否愛自己，只在於一封信；簡捷了當的，只不過在於一封信而已。寫信是不成問題的，難處是在找個適當的信差。結果他想起縣長的女兒，或許能夠擔當。因為她們是同學，想來必定認識。就是她本人比較生疏，她的女友中大約總有人可以間接介紹。請她們遞信，當然是萬無一失。他雖然是個下級書記，但同縣長帶有一點親誼，所以很有機會跑進縣長的私室。

小姐剛好在刺繡，太太在隔室睡午覺，房裡靜悄的並無別人。

「什麼事？何侃！」小姐從錦繡上抬起頭來問：「我看你跑得很急哪！」

「是的，小姐！你可認得陶雅君女士？」

「不認得！」

「真的嗎？」

「自然。」

「但我有件事，……一件要事……」

「不認得又有什麼辦法呢？」

「不過你的朋友中，想必有人認得她？……」

「那倒不知道。即使真有人認得，我也不願為了你的事麻煩她們。」

她輕蔑地望他一眼，似乎他的祕密，已給她全部猜破。他索性將自己的相思，自己的計劃統都公開了。他說得怪可憐，怪動聽，想使她自願幫他。但她卻完全出他意外的不再說話，儘管自顧自的繼續刺繡。給他纏得厭煩了，才冷冷的說一句：

「什麼都不成！」他失望地回到自己房裡。他想不到這個壞心眼的小妮子，竟把他的哀懇，他的熱情完全不當一回事。而對於自己的親戚——父親的僚屬，竟這樣的不可嚮邇。他苦轉著念頭，盡想著要怎樣才能克服那個小妮子。因為他的心緒很凌亂，竟把同一公文重抄了五遍。那是很重要的一個報告，非當天夜裡發出去不可。他一面唯恐科長催促，一面卻又捨不得不想心事。所以焦急失望，同時扭住他的心。天又是這樣鬱熱，這樣沉悶，到處只聽到蒼蠅的飛鳴。那單調的，低啞的聲音，更增加了他的煩燥。

但他終於想出了一個方法，是足以使那小妮子屈服的。因為她這時正瘋狂地愛上驗契處的一個職員。那職員確很漂亮，全衙門人都歡喜同他接近，同他交遊。但縣長卻很恨他，因為他從不願將中飽所得，給縣長染指。他是省府保薦下來的，不能隨便把他撤換，這更增加了縣長的憎忌。所以小姐愛上他，是瞞住縣長的。如果威嚇她要把他們的祕密稟告給縣長，那她一定什麼事都願屈從。

當他第二次跑進縣長私室的時候，小姐還在原地方刺繡。

「你必得把我介紹！」他威嚇說。

「為什麼？我已講明我不認識哪！」

「不論怎樣……老實說……如果你不願……那我就要把你們的事……」

「我們的事？」

「是的，我要將你們的祕密完全稟告給縣長。」

「喔，這算是什麼意思——」她駭著問：「你指的是我同誰呀？」

「你自己明白！」

用不到幾句話，那小妮子的聲調竟全變了。那雙詭詐的小眼，很明顯地露出畏縮的，哀懇的眼色。這一種突然的威嚇，對她真是莫大的打擊。女人究竟是軟弱的，不論怎樣的倔強，但總當不住一個棒喝。她怕自己的父親，真個厲害。她唯恐他再大聲說下去，連忙搖搖手，同時在一張白紙上顫抖抖的寫下了盟誓：「我答應——盡我的能力幫忙。」她說可以立刻替他寫信問朋友去，如果她們中有人認識，那就容易想法了。

他這才高興了，一溜煙跑回自己的寢室，把未完的公文謄清。他愉快地幻想出一切，彷彿未來的幸福，已有人替他代辦。但一到傍晚，他就知道他們的談話，全給太太偷聽了。她不准小姐寫信，他也被縣長叫去著實地訓斥了一頓。那嚴厲的官僚所特有的怪聲，至今還在他的耳邊浮沉：

「你得知道自己蠢，自己醜！而且這裡是衙門，並不是情場。如果你要固執學浪漫，那請到外面去罷。……」

轉眼又是初秋。天氣漸漸的蕭殺起來，寒伧的枯葉，已在秋雨中凋落。春雨雖也連綿，卻是溫和的，不像秋雨的愁涼。單法蘭絨西裝已不是時候了，他只得重新穿上那件自由呢的夾袍。他蟄居已經半月。森嚴的門衛，縣長的警告，同事的閒話，雨具的不備，都是使他怕出外的原因。他整天愁望著公文，想來想去還是離不了遞信的方法。時日的間隔，並不曾使這可憐的書記減少了一點熱情。反而焦愁的，渺茫的期待，使他愈感到熱情的熾旺。他想串通郵差，他也想假裝看病，但這兩個辦法都不大妥當。比較平安的方法，他最後想到，還是要伺候縣長的勤務工朱義幫忙。因為他是本城人，情形很熟悉；醫生同雅君，他也一定認得。何況他又聰明，又伶俐，做這種事情，真是再好不過的。因此他疾忙寫了信夾在一冊登有自己文章的雜誌內，連跑帶跳的走進勤務工宿舍。把這樣的事，去委託這一種人，他覺得有傷體面。但躊躇了一忽，終於推門進去了。

這時朱義正在虎嘸著餛飩，看見他進去，連忙起來讓了坐。

「何先生貴幹？」

「跟你問件事。」

「什麼事？」

「你知不知道陶大慈醫生？」

「知道的。」

「他的女兒呢？」

「也認得。不過他有兩個女兒，先生是指那一位？」

「陶雅君。」

「喔你有什麼事呢？」

「自己沒有什麼事，我的朋友倒要煩你送一個包裹。」

「貴友認得陶姑娘嗎？」

「稍稍——」

「那裡面是些什麼東西？」

「不過是冊書罷了。」

「為什麼不郵寄呢？」

那小滑頭把眼睛一映，頭一歪，表示他的懷疑。他並不回答，他知道要用什麼東西才能堵住那小口，他從口袋裡取出一個銀幣，並且低聲說：「不過小意思。」果然，朱義一見亮晶晶的銀幣，就很神速的變出一付笑臉，用江南人特別內行的虛套，故意推讓了一會，然後似乎義不容辭的放進腰包。

「須在一個人的時候交她。」他唯恐鬧出笑話，所以特別吩咐了幾遍。朱義雖不答，但看那笑容，顯然已經會意了。

他幻想當朱義走進小巷時，雅君正站在門外看雨景。隔著濛濛的細滴，他彷彿看見那微黑的，健康的面色，在雨中發亮。他又似乎聽到朱義細聲說著話，把包裹呈上。她毫不遲疑的打開包裹，把附籤細細的念，念了後，他想，她一定要問寫信人的模樣。朱義一定會得告訴她，於是一個著西裝的，時常在她門外徘徊的倭子，像幻影似的在她眼前浮現。倭子？是的，或許她會厭惡。但也不見得一定，因為有許多女人不愛高大。倭有什麼關係呢?許多被愛的男子不是同他差不多高嗎?他們並沒有比他特別哪!或許他們比他更要倭,更要醜。而且照實說,長子有什麼可愛?那粗大的軀體,喔,簡直太近於巨人,太近於猩猩!中國女人並不比美國的,她們並不喜歡強,喜歡野,倒是特別愛好小巧玲瓏的身材,而他卻正是合乎這個條件。他是小巧的,合格的,可不是?所以……他想……她一定不會討厭,或許竟會出他意料的馬上吩咐朱義說:「你先回去,我就寫回信……」或者說:「告訴他,禮拜六晚上到這裡候我。」真的,上那裡候她?而且是禮拜六晚上?那是老醫生出診的時間,……虧她想得這樣周到,好一個幽會的老手……但這可不是幻想?幻想?……當然是,但事實上也許這樣,或者竟是這樣。……什麼事都有例外,這例外就算落在他的身上罷。……

這些幻想正在他的腦子裡直轉,忽然聽到剝啄的一聲門響。

「進來。」

進來的不是別人,卻正是朱義。他滿身溼淋淋的,因為去的時候太匆忙,忘了帶傘。

「喔，這一陣可辛苦你了，事情順利嗎？」

「第一次去不在，第二次去她正獨個兒站在門外——」

「獨個兒？朱義！你不謊我嗎？」

「但是，她問我手裡是什麼東西——」

「你怎樣回答？」

「我說是書。」

「對了，像這樣回答才不算冒失。」

「但——」

「還有什麼？」

「她問我是誰交我的，我說是我們的書記先生。」

「你把我的姓名說了嗎？」

「是的，但她連哼也不哼聲的跑進去了。」

「怎——麼——」

「跑進去了。」

「就是這樣完了嗎？」
「還有什麼辦法呢？」
「你真蠢死了。你為什麼不說是小姐教你送的呢？你不知道她們是同學嗎——」
「但你並未說起呀！」
「一定要說起嗎？」他著桌子說：「你果然蠢得厲害，一點也不能臨機應變！」
他憤怒地叫著，一雙拳頭伸向空中，像要挽回已失的機會。他眼睛通紅，面色蒼灰，缺口很快的翕動著。因為太責斥過分，那勤務工也耐不住不回話了：「先生！我固然蠢，但你也不見聰明呢！實在講，我是來當勤務工的，並不一定要把你拉皮條，當郵差。……」朱義愈說愈高聲，面孔赤紫，似乎比他更憤怒。最後竟把銀幣憤憤地拋在地上，毫不容他分辯的出去了。
「去你的！我也樂得省下一塊錢。」他在喉頭苦笑著解嘲。
雖然一連失走了兩個機會，但他並沒有絕望——他還有能耐。因為雅君還不曾看見他的信，當然不能決定她能否愛自己。所以他再寫了一張簡單而又熱情的條子，揣在懷裡，預備親自面交。

那是異常晴朗的一天。陽光同春天一樣的照耀，溫暖而且柔媚。天清得亮澈，倒處是種高爽的，輕飄飄的情調。他精神煥發，天氣的重新溫暖，著實給他勇氣不少。尤其使他高興的，是在這種天氣裡，他還可以勉強穿上那件單法蘭絨的西裝。

一到下午五點鐘，他就裝出散步的樣子走上大街。在人群中擁擠了一回，然後緩緩地踱過那座小橋。一切都似乎生疏了，河邊的楊柳，已經焦黃。永流不息的河水，也似乎帶點秋意的黯然無光。那叢生青翠中的銀桂，卻香得正濃。他的蟄居，其實只不過一月多，但彷彿已經隔得很久。那天結婚時的情形，他很甜蜜地回想了起來。「這也算是婚禮嗎？」那清脆的天真的疑問，他不知咀嚼了幾遍。他感到時序雖已變遷，但一切情境，卻宛如昨日，那有力的眼光，短的髮，微黑的臉色，彷彿都同以前一樣的，在炎夏的陽光中閃耀。他又看見那蔥白色的夏衣，年青女子大笑時的光彩，還有那高傲的姿態。他不時回過頭去，好像自己身後還站著雅君似的。

因為老醫生門前蹲著許多談天的漢子，所以他很匆忙地走過，在高阜上看了一回遍野的，正開著小白花的蕎麥。那漫漫的，香噴噴的一片白，真惹人愛戀。他在那裡簡直看呆了，幾乎忘掉時刻。從原路回來時，談天的漢子已經散去。卻有一頂披著白篷頂的轎子停在那裡，兩個黧黑的，強健的轎伕站在一旁伺候。「大約是老醫生出診罷？」他一想到這天正是星期六，而且是晚上，心頭便覺一陣甜蜜的，希望的激動。他想前次的幻想，或許今天可以實現了。果然，不一會老醫生出來，雅君跟在後面，手提著一大包藥品。老醫生上轎以後，她很仔細的放好藥品，然後輕聲說：「一路平安，爸爸！」老醫生只點點頭，轎就抬走了，雅君卻還站在門檻上凝視。他搶前幾步，想把口袋中的字條趁這時面交。但是殺風景，她一望見他那狼狽的，慌張的神氣，就很輕蔑地啐了一聲，的把門帶上了。

他怔忡了一下，但是並不沮喪，因為她倒底還不曾看見他的字條——他還有希望。他自信他的熱情是能打動她的心，而且把她軟化的。

他焦灼地在小巷裡徘徊，想聽出門鈴的聲音。天晚得很快，不多時暮色就漸漸四合了。路燈吐露出幽光，晚霞已漸漸黯淡下去，以至於完全模糊。保安隊裡的號聲，在昏沉中悲哀地淒厲地響動。飢火漸漸的上燒，他好像看見自己吃飯的桌上，同事們全在談論著他，推測他在什麼地方。他又彷彿聽到那嚴厲的，官僚所特有的宏聲，在耳邊繚繞。他想如果這次再給縣長知道了，那怎麼了得。

他抖抖的依著牆，傾聽著門鈴的聲音。終於夢一般地，他聽到在一陣熟悉的，愉快的笑聲中，大門拍的打開了。他望見雅君站在門檻上，帶著神祕的，奇妙的微笑。

他不知怎樣取出了字條，而且居然遞給了她。他只覺得昏沉沉的，聽到那忍心的姑娘，竟把那些愚蠢得很的話重覆地念了又念；一點也不動心，一點也不臉紅。而且更使人難堪的，是她把聲調拉得很長，很慢，很古怪。一句一停頓，簡直像唱小調兒。彷彿那樣做，她感到絕大的愉快。微黑的臉孔，在黯淡的電光下，略現蒼白。那迷人的顏色，使他憶起那些消逝了的夏夜。她看看短札，又望望他。在那明眸的凝注下，他愈覺自己的渺小。他覺得自己的舉動，簡直是個大笑話。他於自餒自責之中，還含有不能遏抑的自羞。他像第一次發現在電光下閃亮的禿頭，不乾不淨的舊繃布鞋，還有髒極了的褲子。他實在不能原諒自己的疏忽，多丟臉，這一種打扮！這活劇，那像一個堂堂男子的求愛。——直是令人生氣，但又令人可笑的乞憐！「你得知道自己蠢，自己醜，……」這真是透人骨髓的批評。他整個——是的，他整個，不論是靈魂抑是肉體，除了可憐就沒有別的。像他這樣想愛上女子——那些花玉似的寶貝，豈不是稀罕！如果他能夠戀愛，得，我們直要升天了。所以他站在雅君的身旁，（她竟高過他許多）直是活受罪，他的心，交混著恐怖和悔恨。他想趁她未開口，就悄悄的溜了開去，永遠的溜了開去。他偷偷的抬了頭——同犯人似的，看了那冰冷的，不再是迷人的蒼白，不禁打了一個冷戰。他預感到一種迫近眉睫的羞辱，一種令人難堪的嘲弄。他多失悔自己的不量力！但他卻還不動一動的站在那裡，一線最後的希望還在牽掛著他。「且等著——」他想，「看她用什麼方法安排我，驅遣我。或許她的心一蕩，就來一個浪漫的奇蹟？……」

這時她臉上的笑容漸漸展開，終於大聲的笑了出來：

「你真的愛我不是？」

「真——但你可願同樣的……」

「願。」

「願意？」他顫聲問，她那樣回答，可不是令人難信？

「是的。但我可憐的侏儒——」她笑著直指何侃：「你得再投生一次！」

隨著笑聲，大門又砰的關上了。黑黯深濃的包裹住他，夜氣很有點寒意。牆腳跟下，似乎有微弱的，蟋蟀的叫聲，他恍惚地，彷彿從一個空虛掉入另一個空虛，接連著的只是一片無盡的迷惘。他覺得什麼都已完了，剩下的只有一個朦朧卻又分明的，嘲弄人的綽號。

夢醒的時候

——紀念胡維通伯父

是沉寂的夏夜。如水的月光，瀉上一座古色斑斕的舊屋。

這是一座不愉快的房子。幽寂，沉悶，長春藤封固了四壁。幾個洞開著的窗戶，彷彿都是張牙露嘴的深淵。松柏的黑影，在窗前鬼魅似的搖曳。

屋後就是廣漠荒涼的田野，在夜影中噴出大麻和稻草的香氣。附近有個蓊鬱的森林，從它深處流出一泓迂迴的溪水。

在最近溪流的一個小圓窗裡，有隱約的燈光射出。靠窗的一隻舊板床上，臥著一個面色蒼白的老人。他靜靜的閉著眼睛。胸脯輕輕的鼓動，像在無聲的呼吸。艱難而遲緩，喉管裡不住的喘著痰沫。稀疏的鬍子，垂在口的半邊。有時他也翻動著白眼，眼淚迂緩地滴下雙頰。在那含淚的苦笑中，顯出苦悶，悲哀，而且表示已經完全絕望的神情。

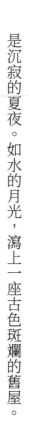

床上沒有蚊帳，也沒有蚊香。全室充滿著撲鼻的臭氣，他的下身完全沐浴在黏滯的血膿中。一堆黑色的蒼蠅，在血膿上盤旋，不時發出嘆息般的嗚聲。全個房間，蒸熱得像個正在燃著松枝的壁爐。

這位垂危的病人，是個又和平又善良的老翁。他的心腸很好，可是他一生下地來就有一種孤僻的性情。他不喜歡多說話，以為多說話人都是不可理喻的痞子。滔滔不絕的說話，他以為只是虛偽，奸詐，欺騙和掩飾的表白。他整天的閒散著，不看書，也不做事。他最愛好的，就是靜靜地站在窗前，看乳色的白雲在窗外軟軟的滑過。在那悠忽的浮雲上面，他彷彿看透了全世界，全人類，全宇宙。他覺得什麼都是暫存，一切都是偶然。眩人的美麗，不久就會變成嘔人的醜惡；驚人的奇異，不久也會變成厭人的平凡。他覺得人生只是一個夢，一個謎。簡單，虛幻，陰黯而且可厭！

他整天的幽閉著自己，就如柴霍甫所寫的套中人皮理國。他禁止兒媳們養雞，養鴨，以及一切有生命的動物。他喜歡矇住被頭默想，就是想到極平常的事情也會縱聲的狂笑。聽到自己古怪的笑聲，也會覺得異常的厭惡。他一生很少知心的朋友，尤其是晚年，差不多同世人完全斷絕了交緣。有時他也感到窮年累月幽閉在小房裡的苦悶，渴念同自己隔得並不怎樣遙遠的另一個活的，生動的世界。但是他一轉唸到那些偽善的嘮叨，勉強的微笑，強為敷衍的神情，他又不覺打了一個寒噤。

鄰人遠遠的避開了他，在背地裡把他當作一個談笑的話柄。就是他自己的兒媳，也因為忍耐不住他的孤僻，忍耐不住家庭裡沈悶的空氣，把他恨得澈骨。覺得他不早死，是他們最大的不幸。

這種孤僻的脾氣，在他被強迫著結婚的時候，曾經稍稍的改了一點。在那個時期中，他曾過了一些比較生動的生活。但是不久，他又突然的愛上了孤獨。他覺得空虛，落寞，彷彿驟然失去了一件真實。厭棄妻，厭棄還在母親懷抱裡的兒子，甚至也極端的厭棄自己。所以妻死了，他也並不覺得怎樣傷心。少了一個時常要在自己身邊糾纏不休的婦人，反而使他感到釋了重負似的愉快。他自己也不了解：自己的性情怎麼竟會變成這樣的冷淡。他只覺得對於無論什麼都存敵意。一種空泛的憎惡，終天陰影似的橫梗在他的心頭。

他整天的耽溺在幻想中，醜惡的現實使他寒心。

他就是這樣孤立無助的一個人，他不了解什麼是幸福。他雖然不時的夢見燦爛的陽光，可是他醒來所見卻只是一片灰色寒冷的天。他一想起「人」，想起人們所豔羨的「幸福」，就覺得異常的懊惱。

他雖然這樣的惱恨幸福，不相信人們真的會得到幸福。但是在他十五歲的時候，卻有一個很愉快的時期。在那個時候，他的春機正如花草一樣的勃發，他的血管裡流動著青春的熱血。他那未老先枯的靈魂，重新甦醒了過來。極強烈地，他需要一種同過去完全相反的生活——一種美好，適意，熱情的生活。雖然他的性情非常孤僻，可是這種極強烈的衝動竟把它克服了。他不顧一切地，熱情地愛著一個鄰家的少女。她的名字叫做芳春，同他自幼就很習熟。不過發現出她的美貌，而且狂熱地愛上了她，卻還是在他十五歲的時候。

他愛她的熱烈，真已到了白熱的程度。一個最孤獨的人，但同時卻又是最富於熱情的。他也是這樣，他是狂熱得幾乎瘋了。

夕陽的晚上，是他們最歡樂的時候。他們總是互相摟抱著，在碧綠的草地上皮球似的打滾。草地沿溪伸展出去，像個頎長的土股。在它上面，滿是新割的香氣逼人的草堆。碧色的嫩草，襯著在它旁邊流瀉著金波的溪水。晚風吹過荒寂的田野，吹動了溪岸上的竹林。在竹林深處，每當朦朧的夜色掩上這溪柔波的黃昏，我們就可以聽到戲謔的，唧唧的，情人們狎昵的聲音。因為草地是這樣的可愛，所以他們的興趣就分外的濃厚。

她是活潑而又驕傲。生氣的時候，總是在他頭上銷氣的。他不但不覺得氣惱，反而覺得異常的痛快。他愛她的嫩掌，她的嬌嗔，她的怒叱。他覺得在她含怒的時候，才是最美麗最動人的一瞬。那雙發光的眼睛，他比作一座熱情的熔爐。一陣暴雨似的嫩掌落上他的雙頰時，他只覺得似癢非癢地，快樂得不知應該如何表示由衷的感謝。有時他竟忘形地流下淚來，摟著她的軟腰，挾著她的膀子，瘋狂地亂跳亂舞。一面跳，一面斷斷續續的唱道：

「美人的心，甜蜜而且溫馴。」

他摟得愈緊，她也就更溫馴地躺在他的懷裡。一雙燦爛的眼兒，溫柔地望著他的前額。修長的美髮，在黃金色的夕陽中隨風飄拂。

「你真的愛我嗎？」他好像不放心似的，畏怯的問。

她只刁黠的望著他，故意不答。

「我說，我心愛的！你實在有點愛我嗎？」他重覆著問，焦急得搖著她的膀子。

「我不曉得，我不曉得！」她嬌喘著，裝出發怒的樣子：「愛與不愛，你自己應該知道！」

他溫和地，不勝憐愛似的撫摩著她的長髮。他恨自己太蠢，不善在女人的面前表示出在內心燃燒著的熱情。他覺得自己的性情，是不能博得女人的歡心。因此他說，他笑，極力想表示出他也同其他青年一樣的熱情於生活，熱情於戀愛。在這時候，他才覺得生命是幸福的，青春是可感謝的。他似乎看到一線愉快的，熱情的，生命的微光，在發光的草地上，在深邃悠遠的空中，到處的閃耀。

於是他又熱情的唱著：

「美人的心，軟弱而且多情。」

但是天下的事，都是暫時的，短促的，一切都是偶爾曇花的一現。愛的歡悅，在生命的波濤中只是一朵渺小的浪花。他們歡樂的過了幾個月，他們的結局就來了。

就是那年六月的初頭，他一連好幾天不見芳春。他疑心她是病了，或者不幸遭了什麼變故，一到晚上，他就照例的跑到草地上去，但是一直坐到天黑，也還不見她的蹤跡。夕陽還是同樣的美麗，草地還是同樣的發光，可是他總覺得缺少了一樣東西，空虛而又孤寂。他曾幾次跑到芳春家裡，可是那扇黑漆臺門，總是整天的閉著不開。他憤恨地看著那座巍巍欲顫的石牆，踱來踱去的徘徊了好久，終於只得悵然的離開。

「請問，隔壁的芳春姑娘搬到那裡去了？」有天早晨，他終於忍耐不住了，恨恨地問他母親。

「搬到古鶴鎮去了。」母親淡然的回答，好像毫不留意兒子的憂憤，仍在繼續地做著針線。

母親不以為意的態度很使他生氣。他怨恨母親，詛咒母親，好像她是迫走芳春的罪魁。他很傷心的流下了眼淚，覺得就是天下最慈愛的母親也不能了解他的苦悶。他覺得女人的外貌雖是很美，可是她們的心卻是任性而又殘忍。不然，為什麼芳春走的時候不來向他告別呢？

「美人的心，任性而又殘忍。」

一到夕陽的晚上，他還是照例的跑到草地上去，淒望著飄過頭上的浮雲，吐露出哀豔頑感的歌聲。

從此，歡笑又在他的臉上消失了。陰鬱的幻影壓扁了他的靈魂，凝住了他的熱情。他覺得一生中最快樂的時候，再也不會有了。他痛恨女人的心竟是這樣的虛偽，拋棄了一個男子竟像拋棄了一塊爛牛肉。他了解天下的事情，都是因為互相欺騙，互相矇蔽，才有種種的花樣。人生本是一個把戲，人們如果不帶著假面是做不出好戲來的。他想到了這層，就會含著眼淚，很古怪的笑著。

從此，他就開始厭棄著自己，厭棄著母親，厭棄著弟妹，厭棄著一切偽善的人們。

現在他正害著可怕的痢疾，整天在黏滯的血膿中輾轉。他安靜地躺著，不呼喚，也不呻吟。他知道就是呼喚也不會有人答應，就是呻吟也不會有人憐恤。人們都希望他早死，尤其是他自己的兒媳。好像他一死了，家裡就會少了一個暴君，世上就會少了一個累贅。他昏迷地裹著一條被單，口乾得要命。滿房的臭氣，滿房的蠅聲。蒸熱的夜氣裡，彷彿亂舞著死神的幻影。他幻想著死是一個陰沉的，鬱悶的，大而無底的深淵。人們一落下這個深淵，便是什麼都完了。

他覺得死是神祕，晦暗，不可捉摸的空洞，不可測計的無限。他覺得死是平安的，幸福的，並不如人們所想像的那樣可怕。他覺得在死的淨土上，才有永恆的，不變的世界。沒有憂患，沒有紛擾，也沒有痛苦，有的只是綿綿無極的死的展開，生的消滅。

我已睡了一世，

但是我還想睡，

現在正是永眠的時候了。

他舉起枯手，在床板上面很命的敲著。聽到咯吱咯吱的板響，好像同「生」肉搏得疲倦了，最後逃回死的安樂窩裡一樣的快樂。他喘著氣，不自然的笑著。他彷佛看見自己真的已經死了，被葬在一條小溪的旁邊。但是睜開眼睛一看，只見一個陰沈卻無雨意的天，上面馳騁成群的白雲。於是他像孩子似的哭了，因為他感到失望，覺得連死也是虛幻。

他是多麼熱情的憧憬著死，期待著死！

但是人的心，畢竟是不可解的啞謎。思想，感情，畢竟都同天上的霞，海裡的波，虛幻，縹渺，變化得不可捉摸。就同這位病人，他一面感覺到死是愉快，生是可厭；可是在他生活世上的最後幾天，卻又劇烈地渴望著生。他回想到寂寞的兒時，暫短的青春，以及夭折了的愛妻，不自禁的流下了眼淚。一到夕陽的晚上，他就朦朧地記起芳春。他追悔著，不曾把那個暫短的青春拉住。他彷彿看見一個土股似的草地，溪水在它的旁邊閃耀著萬頃晶波。夏的黃昏，睡眼朦朧地，虛掩著荒寂的田野。從竹林深處，不時傳來動人情思的低語。鮮豔，嬌麗，一切都是顯得異常的神祕。這時他們並肩坐在草堆上面，互相摟抱著，誰也不願說話。不過有時他們也偶爾談到結婚，談到新家庭的布置，談到小孩子，甚至談到小孩子的養育費。於是，他們就互相的靠在一起，唇與唇接，頸與頸摩，就在這樣忘我的境界裡，他們隱約地看到了微妙的生活。於是他又彷彿看到了她的捲髮，她的朱唇；那雙浪漫的眼睛望著蔚藍的蒼穹，同一個已經出嫁過的婦人似的低頭沉思。……

他想到過去的一切，燃燒著想活的念頭。他覺得自己孤獨了一生，彷彿只是做完了一場噩夢。他真覺得驚異，一個有生命的動物，怎麼能夠那樣沉悶的，陰黯的生活下去。他詛咒著虛偽的人們，但他卻更深刻的厭惡著自己，厭惡著自己過來的死一樣的生活。他覺得自己差不多沒有活過的一樣，就是這樣平凡的死去無論如何是不甘心的。他想像死時的情形，一個能說能笑的人會突然的變成無靈知的屍身。

他顫抖著，痙攣著，一雙消瘦的枯手，在空中不住的亂舞，像在抗拒著就要臨頭的命運。他彷彿看見死神的銀戟，又好像聽見了一種異樣的翅膀聲。他知道自己的生命快要完結，以後不能再見任何事物，再聽任何聲音了。彷彿他還是第一次看見這樣美麗的夜，第一次聽見這樣動聽的蛙聲。他一閉上眼睛，就會看見一具油漆過的黑棺，赫然放在他的面前。但是他伸出手去捫摸，卻只觸著冰冷的牆壁。他掙扎著，呼喊著，無論怎樣總是擺脫不開黑棺的幻像。他的全身都出著冷汗，頭是脹得昏昏的，疼痛得差不多麻痺了。他知道自己的運命已經很短，很促；知道人類無論怎樣逃避不了最後的結局，最後的審判。在未死以前，他很想有機會再看一看那個美麗的草地，那條在夕陽下閃耀著金波的小溪。於是他用雙手攀住床架，想豎起身來。但是剛好坐直，他又像一段朽木似的，依舊頹然地倒在枕上了。

「我還想活，我還想活！我為什麼要死？人是不能再死第二次的啊！……」

他哭泣著，雙手雷似的擊著床板。他的眼睛睜得很大，面孔脹紅得像隻煮熟的螃蟹。他的精神似乎異常興奮，蒼白的眉目間似乎有道帶光的陰影——這是人類最後的返照。

……

這樣的掙扎了幾天，老人的靈魂終於在黏滯的血膿中超升了。

那是一個晴快的早晨，雨後的陽光分外溫柔地，輕輕地撫摩著萬匯。碧空和大地之間，籠罩著一層金色的，半透明的薄紗。晨風在窗櫺上迴旋，大聲的打著哈哈。田稻噴吐著從未有過的香氣，溪面上似乎浮動著一層新的生命，新的波動。

就在這樣美好的，歡快的晨光中，我們這位孤獨了一生的老人，終竟在最後的掙扎中永遠隔絕了人世。在他快要斷氣的時候，他的兒媳們正在隔壁無聲地用飯。

他們忽然聽到一陣微弱的哀求，一陣疾喘的聲音。愈來愈軟弱，最後卻是一聲陰沈的嘆息。那種憂鬱到了極點的嘆息，是表示人類達到了最後目的底一個符號。

「芳春，芳春，唉，芳春！……」

他們聽到病人最後的呼喚。

第三天早晨，依然是晴朗的天色，一碧的長空。雀聲雖然有點喧噪，但是睡眼朦朧的大地，卻依然在銀灰色的薄霧中顯出永恆的靜謐，永恆的沈寂。一切都很愉快，輕爽，而且煥發。顯然的，死了一個無足重輕的老人，在這譎幻多變的宇宙中，只如乾枯了一滴流泉，隕落了一顆星星，平凡而且渺小。

大約八點鐘光景，一行葬列正在凹突不平的村道上移動。棺材遠遠的落在後面，送殯的人們排成一條白練。每經過一個村落，女人們就同某種責任臨頭似的，勉強擠出了一點眼淚，嬌聲嬌氣的，唱歌似的哭著。好像是個教堂裡面的唱詩班，她們都把哭聲拉得很悠長很響亮：抑揚頓挫，似乎還有節奏。

沒有真的傷感，也沒有真的哀痛，大家只是微微的感到一層淡漠的重壓，一陣空虛的疲倦。

沒有多時，葬列就停在一座山的半腰，墓地並不怎樣舒暢，四面都是蒼勁蓊鬱的古松。松濤發出可怕的巨吼，遠遠可以聽到泉滴的清響。

滿山的荒塚，滿塚的野藤。在野藤中，我們可以看到許多凌亂的，被湮歿已久了的墓碑。在那笨重的石塊下面，臥著久已被人遺忘了的人們。

棺材寂然無聲的停下，人們都在靜穆的向著墓穴致哀。道士在墓前焚化了紙錢，搖動了鐵鈴，唱出低沉粗濁的禱歌。他們只管很吃力很勉強的唱著，但是那種嘶啞的不自然的聲音，並不能使人感到一點嚴肅，一點悲哀。女人們都偷偷地換上了平常穿的衣服，站在一旁等待假哭的機會。

棺材將要放進墓穴的時候，忽然一個白髮如銀的老婦人，從婦人的隊伍中跑了出來，伏在棺蓋上面號啕大哭。她的哭聲好像一隻烏鴉的哀啼，空谷的迴響嗚嗚的穿過墳地。她的身上發出一陣下等肥皂似的臭氣，使得送殯的人們很想嘔吐。她的頭髮已經落了大半，眼睛遲鈍的釘住墓穴。一雙眼睛紅腫得不成樣子，枯手疼疼的敲著棺蓋，神情非常可憐而好笑。

這就是芳春，就是老人年輕時候曾經瘋狂地戀愛過的那位姑娘。如果人們曾經見過那時候的她，再也不會相信這樣愚蠢可憐的老太婆曾經有過那麼美貌的一個時期。

她像回想到他們的往事，痛心他們已經永遠失去了的青春。她知道自己的壽命也是不久了，死是誰都不能免的運命。她奇妙地恐怖著，彷彿滿山都是死的顏色，死的聲音。一個冰冷的感覺，總是魂魄似的附在她的身上。她似乎看見田，看見水，看見草地，看見老人的鬍子，在慘淡的白霧中鬼形似的飄動。她又好像聽見老人在呼喚她，她的身體像飛蛾似的，在死的微光中無力的掙扎。

她的眼淚不住的落下，哭聲像陣冰塊似的凍住了人們的心。不安的空氣瀰漫著全山。

許多婦人，都紛紛的走來勸她。但是她像決了心似的，死也不肯離開棺材一步。

「一切都已太遲，就是哭也無用。」空虛的墳墓裡面，好像有個絕望的聲音。

老太婆好像哭得倦了，怏怏的走下山去。於是，黑色的泥土終於掩蓋了棺材。

從此山的半腰，就憑空添出了一翼新墳。孤獨一世的老人，從此再也不會聽到那些假意的安慰，那些用錢買來的經咒，那些嬌聲嬌氣的哭聲了。

從此他就永遠隔絕了偽善的世界，偽善的人們。從此，健忘的人們再也不會提起他的消息了。

一座荒寂的山上，空留下風的吹撓，樹的悲嘯。他的墓前，過了不知幾年幾月，還是沒有一個人的蹤跡。

但是一個陰鬱的午後，墓前忽然來了一個憔悴異常的青年。這時天正疲憊地灑著秋雨，空氣潮潤而且悶人。松濤依然狂吼得異常可怕，白雪依然在蓊鬱的松葉上面，軟軟地，無聲地滑過。一切都是依舊，唯有老人的墓上已經長滿了野藤。

青年默默地跑到墓前，靜默地劃過十字，然後從懷中取出一個鐵錐，在墓碑上面刻上了幾行大字：

「人生只是一個夢，一個謎，夢醒謎解的時候，卻已萬事休了。……」

梨

——一個婦人的自述

一

……我兒時的一個深秋，梨已熟透了。

那時我們家裡的梨樹真多。一行一行的，交蔭在縱橫參錯的阡陌上，是那樣的繁茂。我最忘不了黃昏時候，那些梨樹就像憂鬱的，慘淡的葬列，襯著漸漸黯淡下去，漸漸模糊下去的陽光，濃碧的梨葉變成蒼黑。纍纍下垂的漿果，肥而又圓，在和風中不勝厭倦地搖曳。人們只要一看到，就會想及那鮮甜，那清涼，那滋潤的香味，而不自禁的垂下涎來。

我們家裡正興旺。母親還健在，哥哥還沒有現在一樣的墮落，嫂嫂也還是一個年輕美貌的婦人。我自己只有十多歲。聰明，漂亮，性情又倔強。那種荒唐浪漫的程度，直同一個最難馴制的男孩。母親絕不管束我，她不願心愛的女兒有什麼拘束。家裡人也都不敢惹我，事事都聽我自便。你一聲妹妹，他一聲妹妹，極力奉承我，縱容我，把我嬌養得慣了。

我那時確是幸福。但那不是狂熱的，同現在都市姑娘所享受的一樣；卻是清翠，明媚，天真而且純潔。

跟我分享幸福的，是姑母的兒子，也就是我現在的丈夫。他是個溫柔，美貌，而又勇邁的少年。他的外表和性情，都是同樣的使我心醉。梨一熟，他就同姑母來了。他來的時候，很斯文，很儒雅，坐在他母親身旁，像一個貴客。不說話，也不吃梨，彷彿很莊嚴自重。母親是個歡喜孩子的，爽性而又溫和的婦人。她看見孩子呆坐在那裡，就大聲的喊：

——呆在那裡做什麼？木頭！動動手，動動腳，撿那頂大頂好的吃罷！

但那孩子看看成堆的梨，在屋隅閃光，搖搖頭表示不要。他知道野外的梨，要比家裡現成的新鮮得多，有滋味得多。何況跟我分吃的甜蜜，非在樹下不能嘗到呢？

到了傍晚，姑母回去了，表哥卻留在我的家裡。

姑母一出門，表哥馬上活動起來。扮鬼臉，學豬叫，故意躲在我的背後。當母親查問他上那裡去了的時候，他從我的背後突然站起，使母親嚇了一跳，過了半天，她才詛咒出聲來：

——娘在這裡像木頭，娘一走，卻又像活鬼了。

聽到這柔聲的詛咒，他只是抿著嘴笑，那梨頰上的微渦多情地向我展開。

二

我們踏著黃昏的陰影，臂挽臂的橫過田野，走進漆黑陰森的梨圃。廣漠的平原，很安靜的躺在天涯，微吹靜了孩子們的心。一陣朦朧的芬芳，很難辨別出是林木的呼吸，抑是夜氣的蒸騰。一切都顯得如此神祕，如此不可理解。我們睡上稻草披頂的小搖籃，默無一言的對著星空，幻夢飄過我們的心頭。有人在隔圃吹嘯，聲音原是活潑的，愉快的；但經過薄霧的迂迴，竟變成淒戚而且滯緩。浮在遠空中的群巒，好像漸漸的逼近，而且崩潰了似的壓上壟畝。另外有種斷續的，不分明的幽聲，似乎起在林間，又似乎來自遠隔圃外的溪澗。看見一陣微顫在我身上掠過的時候，表哥拍拍胸膛說：

——你可怕？有我在這裡呢。

他說話很自信，似乎真的什麼都不怕，我也就信賴他的大膽了。但是聽到夜鳥啄梨的聲音，我還免不了躲避在他的腋下，像一個孩子。乘這機會，那有力的臂膀，就把我捉住，而且不讓我透氣地狂吻著我的嘴唇。

——點上燈籠罷。

大約他也耐不住黑黯的威脅，催促我點上燈籠。於是我就聽從了他的話，像一切女子服從男人的吩咐一樣，躡手躡腳的擦燃了火柴。於是一盞螢光似的燈，就在沉夜的萬丈黑淵中幽明。

我們把燈籠斜掛在枝間。一弧灰白的光暈，在黑淵中劃出了光明。在燈光的瀫照中，那卵形的樹葉，顯得異常奇玫。表哥能夠輕猿似的升上樹頂，那輕盈，那敏捷，我如今想到還會動心。他騎在較粗的樹枝上，先向我微微一笑，然後拱一拱手，說一聲「請了。」於是肥碩可愛的漿果，就一連掉下了五個。

「五子登科。」他高聲喊，聲音是那樣的清朗，那樣的柔脆。樹葉因為身體的重壓，起了一陣輕微的顫抖，發出含糊的，蕭蕭的聲音。他看見梨子都已落入了我的懷抱，於是就活靈活跳的溜下樹來，用不及迴避的迅速，把我抱住，輕輕的親著我說：

——你可願意我們的兒子——不，你的兒子中狀元？

他用熱烈的眼睛看我，烏溜溜的神氣十足，似乎很嚴重似的待我回答。我不立刻聲張，故意使他急一急，只輕輕地往樹叢的黑影中移。在這時候，夜色鮮濃的水涼空氣裡，沒有月光卻有飛渡河漢的星星。他說「我們」又疾忙改口為「你」的用意，羞得我兩頰緋紅。

——我不懂，……不懂狀元是什麼？

——你真蠢！怎麼連那時常看到的戲子都不認得？

他笑著逼上一步，又溫柔的親我一下。我卻楞起大眼，裝作愈弄愈糊塗了的光景：

——可是小花臉？

——不，你弄錯了。狀元都是帶紗帽，穿朝服的公子，怎麼會像小花臉那樣的輕佻？

他為了解釋的便利，離開我，在樹影下一搖一擺的弄起玄虛。那似真非真的樣子，使我快樂得發抖。

這樣的鬧了許久，我們又上床睡了。睡以前，我們照例要吃幾個梨，不然就會睡不安。他老是檢那最好的給我。我並不推卻，卻在細心地去了皮以後，突然塞入他的口裡，他也不拒絕，但在吃了一半後，卻又突然的塞還。這樣一推一送，一來一往，使我渾忘了黑夜，渾忘了星光，渾忘了林外河水的低咽。……

夜半的時候，月光朗照。我們睡在小稻鋪上，但有時卻給防賊的擊柝聲驚醒了。我們惱恨那種聲音，雖然在柔媚的秋夜，並不同白天裡一樣的噪耳。於是我們吃了幾個梨，彷彿這厭煩的感覺立刻冰消了的一樣，我們又安然地入睡。

三

表哥如膠似的戀住我。他愛我真是熱烈的，近於成人的瘋狂。那多情的戀愛，使我的幸福更加上一層濃豔的色彩。

有一個秋夜，雨有時纏綿地輕灑，有時卻又狂暴地滂沱，從窗口外望，可以看見一片陰慘的，悲涼的黑黯。在那寒冷的浩蕩中，只有一條灰白色的古道，從附近的一個高丘上蜿蜒而下。支離破碎的村舍中，射出耀目的寒光，屈折在混濁的水窪裡。

我因為腳踵上生了一個瘡，睡在床上已經好幾天了。這幾天母親阿嫂們都在野外拾梨，無暇顧及我的孤寂。只有他，整日夜的陪伴我；一雙有神的瞳子，似乎不會厭倦的向我凝視。他莊嚴地坐在一隻榻上，面上毫不露笑容，除了我向他有所詢問的時候。他有時伸過手來，摸摸我的前額問：

——你可覺得痛？

——不，一點也不覺得。

就是真的痛，我也不願意使他知道。但他總是過不了一刻，又擔心的問：

——你怕會睡厭了罷？

——不，我覺得舒服，彷彿睡在梨樹下的稻草鋪上。

我提及梨樹下的稻草鋪，他似乎想及那所有的甜蜜，微微一笑。

——那麼你想吃梨嗎？

——拿幾隻來也好。

於是他出去了。

我以為他是到隔壁去的，因為那裡放著許多剛摘回來的鮮梨。但是一刻過去了，又是一刻，他還不見回來。我喊，也沒有回應。他一定冒著那樣大的風雨，衝向黑夜裡去了。我想起他或許會滑倒在泥濘中，或許會跌傷在梨樹下，也或許更壞，喔，我怎敢想像，如果落入那條水流湍急的小河中？……

我等著，傾聽四周的聲響，不覺毛髮悚然。

他終於回來了。手裡抱著一滿筐肥梨，面色微帶點蒼白。

——啊，你真多費力！

——為什麼？

——隔壁不是有現成的鮮梨嗎？

——但總不及我剛剛帶回來的鮮美。

我嚥下哭聲，默然地看他把一筐梨統都擺在我的床前。他不顧遍身的淋漓，小心翼翼地刨去梨皮，再切成細片，用手巾托到我的嘴邊。看見那沾滿泥漿的衣服，浸飽了汗水的鞋，我心的深處突然感到了一陣隱痛。

四

十六歲那年，我同表哥定了親。只隔得上兩年，我們便結婚了。嗣後每逢梨熟的時候，我們還是孩子一樣的回到我母親家裡，在那稻草鋪上過了幾個秋夜。我們的興趣雖已漸漸的減弱，但還不十分稀薄。有時偶爾想起「五子登科」一句話，我還免不了赧顏。

生活愉快而且安靜的展延下去。姑母的脾氣很好，溫厚而且慈愛，什麼事都讓我們自己作主。整整兩年，婆媳間總是氤氳著一團和氣。這和平安寧的家庭生活，使我對於丈夫的恩愛，愈過愈濃了。

但在第三年初夏，在姑母的喪事料理妥當了以後，丈夫因為在杭州做事，我們不得不離開家鄉。在動身的前一天，我趕回母家，在她老人家的面前整整坐了一個上午。她的面容慘白，一雙模糊的老眼，顯然是汪滿了淚水的。她吩咐我路上小心，寒熱都靠自己留意。聽了那些叮嚀小孩子的話，如果在平時，我一定竊笑，但在那天卻只能飲泣。我不知怎樣感謝，怎樣安慰，我只覺得那一顆心的力量。

薄暮，我同母親去看了梨圃。那時是初夏，梨花已經盛開了。一片錦繡似的白色，襯在那一帶深綠的背景上，閃閃發亮。

——你這一去，不知什麼時候才能回來，難道梨熟了再走也不成嗎？

母親手指著梨花，向空中畫了圓而又肥的梨形，眼圈又紅了。

我原想回答一句隨便什麼話，但努力了半天，卻只緊緊的握一握她的瘦手，要她馬上次家。在歸途中，我們看見阿嫂抱著剛滿週歲的孩子，依在籬旁向我們遙望。那孩子是肥胖可愛的，他有一頭很潤的黑髮。當我們走近籬邊，他跳起來歡迎老祖母。阿嫂拍拍他的肩膀說：

——叫一聲姑姑，從杭州回來的時候，她會買糕餅給你吃呢。

但那孩子只是憨笑，拍著小手。我親了親那天真的前額，幾乎傷感得落下眼淚。

五

從此，母親每年總在一定的時間寄梨給我們。帶梨來的人，總是隨身帶一張字跡模糊的便箋。紙是同樣的顏色，同樣的花紋，寫的也差不多是同樣的幾句話。顯然她只有一個心——一個帶淚的，慈愛和憐憫交混成的心；她所需要告訴女兒的，也只是同樣的，永恆的思念。

——我的兒，你又嘗到家鄉的土味了。伴這土味同來的，是你母親的思念。你嘗到那甜蜜時，大約也能唸到寄梨人的悲苦。老境是淒涼的。但在我的殘年中，卻於淒涼外，還加上一層期待的焦灼。你難道不能回來看我一次？唉，只要一次！……

雖然字句上略有更動，但內含的意思，卻是同樣纏綿的相思。看了短簡，我們不知有過了多少惆悵，多少嘆息。有幾次，我真恨不得立刻抓起隨身帶的衣服就走。母親的聲音笑貌，在我們夫婦倆的心頭同成痛苦的重壓。但結果，為了生活的束縛，我們總是勉強抑住了悲哀，由我寫了一封婉辭慰藉的長信去。想到信到了母親那邊，以及她展閱時的失望，殊令我心碎。

去年寄梨來的時間，比前年稍遲了幾天。梨也比較壞，我竟一連發現了幾個給鳥啄空的爛果。母親檢梨最仔細，最內行，斷不會讓所有的梨中，有一個小孔，一點缺陷。她裝梨的方法也很考究——老是那樣勻適，那樣整齊。但是去年的情形卻變了，梨是雜亂地堆在筐裡，上面也不蓋一點草。至於便籤上的句子，簡直和以前全然無異，彷彿是誰給媽直抄下來的一樣。字跡確也不同，雖則驟然看去，容易給它所朦混。對於這一些好像很微的變象，我們都感到了一點驚異。我們疑心媽生病，或者同哥嘔了氣，人生最陰黯的方面，我們卻絕沒有想到。就是那些小疑慮，也經帶梨人的一番解說，漸漸淡下了。

六

今年秋天，我們才達到了回家的願望。那天有小雨，到江乾的一條路上，特別泥濘。車輾過低窪，水簡直濺到坐客身上。天灰茫地，錢塘江浸在陰霧中，遠景非常淒涼。瀕江一帶房屋，在這淫雨天氣裡，似乎古老了許多。山影模糊，小輪的煙影，漸漸濃聚，又漸漸消散。我們重覆地談著家鄉雜話，尤其時常談到梨，因為那時正是梨熟的時候了。

第二天黃昏，我們才到了家。看見半露在梨圃背後的老屋時，我們真的忍不住下淚。

——你想丈母在家，還是在梨圃裡？

丈夫很激動的問我，但我不回答。心境很淩亂，我不曉得他究竟問我什麼事。一近家門，彷彿什麼事都變了色相，變了聲音。連丈夫的說話，也似乎變成更親切，更溫柔。

轉過了幾條小徑，我們停落在一座古屋前——那就是我們的舊巢。門虛掩著，但我們不想立刻進去，要先看一看它的外形有無改變。這遲疑，就如一對渴想晤面的老友，卻為了興趣與好奇，故意延長見面前的時間一樣。房子的四周還是依舊，那清翠的修竹，那蜿蜒的古道，還是同以前完全一樣。但是推開門一看卻教我們驚住了。我們只覺得一陣昏黑，一股陰森。冷風吹進了牆壁，塵埃遮掩了天花板的顏色。桌椅孤寂地散亂各處，掛在壁上的鐵鋤，也已上了鏽。黑洞洞的牛欄裡，嗅不到一點牛糞氣，大約早已空著了。在深沉的靜寂中，隱約地可以聽到一聲聲的豬嗥。

——媽！

我低聲喊。我的心跳動得厲害，預期著一聲熱烈的歡迎，一個熱情的擁抱。但是我的聲音，在蕭條的空中消失了，還聽不到一點迴響。

——媽！

我比較高聲喊，心裡有點奇異。丈夫插嘴說：

——我想她一定在梨圃裡。

我點頭。但想她或許在樓上睡熟了，於是再有力的喊一聲：

——媽！

大約這次喊得特別重，我聽見樓上嫂嫂的應聲了：

——是誰呀？

——是我呢，嫂嫂！

——哦，是姑娘嗎？我真料不到是你！

於是，我聽到一陣樓上的騷動。經過一陣急促的，樓梯上的腳步聲後，我才看到一張憔悴的臉孔，出現在近門的一線微光裡，那臉孔漸漸的逼近，幾乎使我吃了一驚。聽了她那老是淒然若泣的聲音，握了那雙消瘦了的手，我才敢信任自己的眼睛。

——嫂，你像瘦了呢。

——是的……，姑娘！從你們走後，我就陷入地獄了。你剛才不是喊媽嗎？

——她在梨圃裡嗎？

——哦，姑娘！我該怎樣告訴你，媽已經死了。

——死了？什麼時候？

——去年梨熟的時候。

——寄梨給我們以前？

——是的，一個大雨的夜半——

——但你竟不給我們曉得……

——那是媽自己的意思。她平時雖很思念你；但她臨終時，卻極力要我暫時瞞住你們。她怕你們冒著那樣的大風雨，星夜趕回來送終。這樣迢遠的路途，她不忍你們跋涉。

她竟哽咽起來了，媽愛她不下於愛我，所以她的傷痛也不下於我的深沉。命運的變化，是這樣不測；去年寄梨時的疑慮，竟倍加慘酷地證實了。我不再說話，一個人處在這種境地，還能說什麼。我想起母親臨終前的苦心，我的手足感到了一陣冰冷，一陣劇痛。她平日是那樣的想我回家；但在大去以前，竟為了不忍我的跋涉，犧牲了渴望已久的，母女的最後一見。……

——表弟那裡去了呢？

丈夫想把靜默的空氣打破，所以憑空地問了一句。他以為這樣把話頭一轉，或許會把這種可怕的，苦痛的窒悶鬆弛一下。但是已經哽咽了的阿嫂，聽了這句揭開隱痛的話，卻突然的放聲大哭起來：

——再不要講，再不要講，姑丈！他催死了母親，陷我們於窮困，毫無心肝的叫我們落難了。他典當了一切，變賣了一切，連那些梨樹也在內。大約他又吃酒去了，每天總是醉醺醺的，酒醒了就去賭博。……

她伏在桌上，肩膀抽搐著，愈哭愈哀。一頂破了的氈帽，落在地上。經了我們的苦勸，她放低了聲音。但那強抑制住的啜泣，更使我心痛。「連那些梨樹也在內，」這句話在我的心上特別響亮，特別鋒利。

七

已經七點多鐘了，阿嫂才想起了我們的肚餓。於是她就上樓去，翻箱倒櫃的大事搜尋。鑰匙碰在銅鎖上的響聲，很刺耳。過了許久，我們才看見她的手裡端著一束晒面。這是我們家鄉的土產，是面的一種，但是滋味遠不如普通麵館裡所用的鮮美。因為便宜，而且很容易儲存，所以農家多用以飨客。我們都不歡喜吃，這是嫂嫂所熟稔的，但這夜她卻用來當我們的晚餐。這當然不是她一時的胡塗，一時的昏亂。我們勉強吃了這種年輕時候從未過口的，寒酸的點心，嘗到了一種辛酸的苦味。我走進積滿灰塵的廚房，幫嫂嫂收拾了碗碟。那裡有陣霉爛的氣味幾乎把我打倒。爐灶全壞了，從前那種整潔的光輝，已給久積的塵汙所掩。那黝黑的，窮困的碗櫥，門都大開著，很饕餮似的向著黑處。在那冰冷的鍋蓋上，很難想像曾有白米飯的香氣從那裡透出；那交織著蜘蛛網的小灶裡，好像從不曾有過熾狂的火焰。……

我們睡在廚房隔壁的中堂裡。這中堂，從前是那樣的熱鬧。我彷彿看見那些閃亮光的梨，那整天繚繞著香火的神壇，那孩子的歌，那母親的笑。「檢那頂大頂好的吃罷。」我彷彿聽到了這句話，而且一直在我的耳鼓裡響動。

夜半的時候，我聽到一陣開門關門的聲音。跟著一陣咳嗽聲，囈語聲，還有一種沉重的，雜亂而又不穩的步聲。凳桌都給撞倒了。在一陣靜寂以後，我看見火柴在黑黯中擦亮。一個瘦長的男子，在微光中踉蹌的蹈上扶梯。

——哥哥回來了。

我輕聲對丈夫說，他只答了一個「唔。」

我們重新靜默了。而且像害怕黑黯似的躲在被窠裡，聽樓上有什麼響動。

——爸爸！

——什麼？

——梨買來了嗎？

——梨？

——是的，爸爸！你早上不是答應過的嗎？

——你真想得出奇，孩子！你知道我們還有幾天飯吃？

——但是你答應過。……

——不要說空口答應，就是你爸爸畫上了花押，他也不能憑空變出梨來呀。

——就是你變不出，偷也要去偷來的，早上為什麼要那樣口空呢？

嫂嫂插了一句嘴，聲音是粗啞的。

——不要你多嘴！

她果然不響了。在平時，我想她斷然不會如此示弱。她所以吞聲，是為了怕驚擾我們。但那孩子卻啼哭起來。開始是低微的，幽抑的；後來卻逐漸的增高，逐漸的宏亮。那尖聲重濁的，暗嗄的流布開來，使人不忍卒聽。

——你起來，我推推丈夫：——去買幾個梨來罷。這時候，大約梨圃裡還有人未睡，你還記得那扇後門嗎？

——記得的。

——你知道最近的梨圃嗎？

——知道的。

於是丈夫冒在冷的風，冷的雨中。過一會他就回來了。那沾滿了一身泥水的情景，彷彿我以前說起過的那個秋夜。但那時他是為了我，現在卻是為了我的侄兒。時日的懸距，心情的變異，都是這樣的迅速。

我帶著鮮梨，輕聲的敲門。

——呀，怎麼你竟回來了？

哥哥看見是我，很古怪的叫了起來。他的面色灰敗，在那盞油燈的閃耀下，直夠駭人。他的眼紅腫，好像酒吃過度了，至今未醒。

我無心回答，直趨他們的睡床前，把梨子統都放在被上。

孩子很瘦弱。黑臉孔，深陷的眼睛，給淚水遮著，模糊地閃光。他的頭髮棕黃，伸在被外的小手，毫無血色。他看見一整堆梨，彷彿不可信似的，臉色快樂得轉白了。他夢似的注視著，注視著。摸摸它們的葉柄，肥大的輪廓，以及那棕黑色的細點，他的心簡直在驚奇之中陶醉了。他親了親他們，一會兒放在掌上，一會兒藏在被下。最後他把最心愛的一個留在外面，其餘的統都放在枕後。這樣似乎還不能放心，因為我看他時常翻出來數，看有沒有給偷走了一個。有一次，他把梨舉在唇邊，想吃掉；但剛剛碰到了牙齒，卻又突然放下，好像太可惜了。他的臉上浮著幸福的微笑，看看我，然後輕輕的叫一聲：

——媽！

——什麼？

——那是誰？

——那是姑姑。

——我們的姑姑？

——是的。你應得謝謝，你享姑姑的福呢。

嫂一面說，一面禁不住翻過頭去。孩子沒有說話，只是向我閃閃眼。那孱弱的，可憐的眼光，是乞求，抑是感謝，卻誰能知道？他想梨已經想了一月多，整天的站在門外，張著燥極了的嘴，出神的望著梨圃。他從不敢向他們要，因為怕挨打。有幾個頑皮的鄰兒，曉得他的苦，故意在他的眼前炫耀。當這種時候，他又不敢哭，只是氣得發抖的往家裡躲。今天早上，醉鬼原答應買給他幾個，可憐眼巴巴的望了一整個日夜，但到頭還是落空。……

——姑娘，你離家時他是那樣的肥嫩可愛，但現在卻變成了這樣！

可憐的母親，終又忍不住哽咽了，至於我呢，想到自己年輕時候吃梨的容易，同自己只隔得一代的孩子，想得幾個梨卻竟已如此艱難，也禁不住淚泉洶湧。

第二天破曉，我們去看了母親的墳墓。墓地是在梨圃附近，而且正對著我們曾經過了甜蜜時代的小稻鋪。

山谷之夜

一個秋天的早晨，躺在會稽山盡處的一個小城市中，正下著乳白的大霧。這時有個二十左右的女人，穿過濃重的溼霧，駐足在白沙街五號門牌的石階上。她把頭縮進秋大衣裡，戰戰兢兢的站著，兩腿不住的顫抖。她的右手放在胸口，好像極力要把那顆暴跳的心壓住。她用幾乎失了知覺的左手敲門，門立刻開了。她很快地衝了進去，幾乎同那開門的男子——一個英俊的年輕人，撞了個滿懷。

「藝，你在發抖呢。有人追著你嗎？……你真的抖得厲害，……你，……我想……一定受驚了……」那男子看到她面色灰白，口唇沒有一點兒血的全身顫抖，他的說話立刻變成口吃了。

「不。……你預備了嗎？我父親還在酣睡，但不久就會醒來。……九點鐘，鬧鐘一響，他就起身了，……呃，留心九點鐘！……」她聲音短促，神情異常的興奮。說完後，她很費力似的喘著氣，一雙眼直楞楞的望著男子。

「早預備了。……我什麼都不帶走，除了一隻很輕便的手提箱。」

「這樣輕鬆好，多帶東西會累死我們。外面剛下著大霧，我們應得趕快走。……我也只拿了父親的一把手槍，五百塊錢的鈔票……」她看一看表說：「喔，留心九點鐘！」

霧愈下愈濃，兩人很急地出門，一雙背影漸漸消失在乳白深處。

……太陽露臉了，霧變成橫空舒捲的浮雲。這時他們已經跑出二十多里，在一個山道上走著了。這一帶全是山路，行旅非常不便，非常危險。兩旁綿互著的，全是闊大的岩。那巍然聳入半空的連峰，那陰森郁茂的古松，使他們看著心跳。他們以前經過這裡多是坐轎的，但這次匆促的出奔，使他們沒有時間雇轎。坐在轎裡不但不用怕，並且有種悠閒的心情，可以恣意的賞玩山景。但這奇麗的山景，在這時，在他們氣喘心急的跑路當中，卻變成危險的，難測的，彷佛地獄的鐵釘山。女人大約叫這峻陡的山勢給嚇呆了，一路只默默的跟住他走，沒有自動的開過一次口。他卻走不到兩步就拉住她的手，很關心的問她是否怕，是否疲倦；她老是搖搖頭不答，不得已時才輕聲的說：「就是怕，疲倦，又有什麼法想呢？」

他們走上一條最高的山嶺，在這嶺上可以看到離山二十多里的城市。看到那彷佛遠在天外的人煙，他們又快樂，又驚嚇。這時他們實在倦極了，但還得看清了並無人進山，才敢放心的坐下休息。

狀態。

九月的風，嫩洋洋地吹。他們因為過於疲倦，所以一躺下，竟馬上入了半睡的

「睡著了？」

「呃——」她回答，像睡著，又像清醒。她是一個懷了孕的女人，胎兒祕密的在她腹內，已有兩三個月的生命。這胎兒，這未來的小生命，就是他們這次私奔的原因。因走路過多，胎兒就不時的蠢動，這蠢動使她萬分痛楚。

「又動了！」當胎兒猛烈的蠢動時，她不自禁喊著說。

「怎樣？」

「又是猛烈的一陣，……喔又是……」

「你說怎樣？」

「我說胎兒又動了，一陣陣的疼痛。……你看……」

她說得似乎非常痛苦，很軟弱可憐的，把那個男子的右手放上她自己的腹部。

「啊——」他撫摸著在她腹內急烈蠢動的胎兒，驚惶得喊起來了：「為了這孩子，我們應得吃盡苦，受盡難；如果我們再不走，那危難也會馬上眼見的，因為胎

兒已長得這樣大了。……」

「還是少說些話罷。我真倦，讓我安安靜靜的休息一會。」

她合上眼睛，閉著嘴，倦臥在一條滿是松針的草徑上。她的一雙腿，卻還是不住地伸縮。

「這全是我造孽！」男子看到她的小腿痛苦伸縮，反覆著自譴自責。

……隔了不久，她就勉強的起來催促他走：

「在這兒不能過夜，快下山去找個村莊罷。」

太陽已晒到半面山谷了。晒不到太陽的群山，陰森森的異常怕人。他們在暮色的四合中，翻過幾個較低的山崗，最後看到在山腳有類似房子的一點黑影。

「要是房子才好呢——」她指著那點黑影說。

「如果不是房子，那我們只好在松林中露宿了。」

他們淒然地苦笑。遲疑了一會看看天色漸黑，又不得不往前繼續的走，崎嶇不平的山路，幾乎使他們變成跛了。

終於一座古屋顯現在松林盡處。它給人造在這裡，已有了三四十年風吹雨打的歷史。用蘆葦和毛竹編成的牆壁，已經大部分坍壞。幾年前，它是空著沒有人住的，它那時成為烏鴉喜雀的巢穴。下雪天，時常有野豬，山虎，狼，躲進這古屋避寒。一直到現在，屋角仍有幾處留著乾了的鳥獸的糞堆。這裡也曾住過幾個管山人，但他們有的在黑夜裡給山虎咬死，有的砍柴從岩石上倒栽下來；因此一直空了十多年，也沒有一個人敢住。現在卻有一個老人獨個子在這古屋中生活。他精神飽滿，身軀偉大，每天上山去趕賊，趕野獸，什麼事他都經歷，什麼危險他都不怕。他耐得下孤獨，這山谷，已成了他唯一的伴侶。他沒有財產，又沒有子孫，完全是個無牽無掛的赤身漢，所以就是成天置身在虎口中，他也一點不愁不得好死。

他們走到時，老人剛在門外閒坐。他遠遠看到兩個影子在山邊移動，很奇怪。在這人跡稀少，豺狼當道的谷中，又是黃昏的時候，突然看到這一對男女，真叫他納罕。見他們向他走來，更叫他驚惶。雖然他們是異性，但他們全是黑髮蓬鬆，兩腿微跛，把全身跟毛蟲一樣的縮在秋大衣裡。他雖已活到六七十歲，照他自己想總算已經看遍了天下，看透了人生，但像這對男女差不多的打扮，他倒是少見。他懷疑地舉一舉手，高聲問：

「你們從那裡來的？」

「我們是過路人，老伯伯，你就住在這兒嗎？」

「是的。」老人慢聲慢氣地回答。他的說話是種混雜的口音。他穿的，是油板一樣齷齪，破爛得幾乎可以透風了的短襖；他頂的，是墨樣黑，剪了邊的氈帽；他指甲很長，很垢；他從不著襪，連草鞋也是漏了底的，在這陰森古屋前，見了這白髮，眼睛發光，精神矍鑠的老人，是很容易給人懷疑為山鬼的。

「從這裡可以上溪口去嗎？」

「可以的。跨過前面那一條嶺，就有船隻了。」老人指著一座成天隱在雲霧中的高山。

他們抬頭望那山峰時，太陽早已不見了，月亮慢慢的升了上來。在銀灰色中，有幾條似乎倒懸半空中的瀑布，又瑩澈，又透亮，閃耀得非常美麗。那些黑的，像驚濤似的連峰，這時都已成了青紫色。那曲折險的山道，蜿蜒地穿過叢嶺。從那些深谷中，彷彿不斷地吐出燦爛的，錯落的，萬千的星斗；那星斗，彷彿又很奇妙地升到天上，散在雲間。還有一片煙，一片詭譎多變的顏色，看去多隱奧，多奇瑰！

但是這煙雲，這星斗，並不能消滅山容的猙獰，山色的陰森。

「老伯伯，讓我們在這兒耽擱一夜好嗎？天晚了呢。」

「可是可以的，但你們——」老人盡看著他們，彷彿很不放心。

「我們嗎？——」男子笑著說，「我們是初陽城裡人，因為犯了法，逃難經過這裡的。」

「那請進吧。」老人微笑著回答。在這種偏僻的山裡，最能打動人心的，就是這種犯法逃難的事情。別提事實，就只這一類名字，已夠引人注意了。他們最有興趣聽這類事，最同情這類人，就如看待傳奇中的英雄。老人也曾到過初陽，他知道那裡的人，全是蠻橫勇健，往往為了一些小事，殺了人，破了產。那裡最流行，最漂亮的幾句話就是：「一拳頭，一尖刀——男子漢安用客氣！」那地方人不僅男的如此，就是女的也是一樣。但看這男子這樣的軟弱，這樣的斯文，殺人這類事，於他全不相宜。而且那女人，難道也要跟著殺了人的丈夫一道跑嗎？所以那男子說他是犯法逃出來的，照他想，一定另有原因。

「你犯了什麼法呢？」

「請別問，老伯伯！」

「是誤傷了人嗎？」

「不，絕不是……」男子簡直無法叫老人停嘴。經過了許久嘮叨，他才算把話支吾開去。他因為急想看一看屋內的情形，而且這時夜色更濃，天氣也更涼了；她在秋大衣裡不住的顫抖，也真可憐，所以老人說話一停止，他馬上要他引他們進屋。

屋內跟地獄一樣的黑黯窄小，三個人走了進去，就不能很自由的旋踵了。地是泥鋪的。有幾處還生著雜草。牆土色，不曾粉刷過一次，風來時就跟著動搖。一進門，就嗅著一股臭氣，一陣陰涼襲得你發抖。柱子上掛著鳥槍，柴刀，草鞋，以及一整包一整包的菸葉，壁上用木錘釘著各種獸皮，花彩斑斕的，情景非常可怕。老人從屋角拿出一盞油燈，用火刀給點著了，於是一縷陰慘慘的幽光，射在土牆上，愈顯得黯淡可怕。他們很勉強的坐在一條板凳上，淒然地環顧四周，傾聽著窗外的松聲。他們全很害怕，似乎預感著一種困厄，一種危難。他還不時鼓起勇氣問幾句關於山居的話，她卻沉默著一聲不響。老人把一切安排好了後，就蹲到灶前預備晚餐。喔，那是怎樣的爐灶，怎樣的晚餐！那簡直只是一堆土，一隻上鏽了的鐵鍋；

放在上面煮的不像粥，不像羹，又不像飯的東西，水一沸，一股混雜的，野菜的惡氣味，就蒸騰上來。他們幾乎想嘔了。但那老人卻還問他是否願意吃一點麥糊。

「不，我們全不飢！」他們隨聲回答，老人也不再客氣，就獨個子吃起來了。因為要避免看那野蠻的，粗率的，老人吃麥糊的樣子，他們移目到門外。這時月光朗然，群山靜穆地聳峙空際。從那些高山上綿延下來的森林的影子，不但長，而且很黑。貓頭鷹在岩洞裡怪叫，聲音又淒涼，又明晰。遠遠還可聽到不知名的猛獸，從這邊吼到那邊，那聲音彷彿是從死的，冷的，地獄裡來的警告。瀑布的奔騰，聽起來，很怪的並不是雄壯，卻是悽慘。有時月亮忽地隱歿了，於是群山在一片黑黯中，愈見峻峭。還有一種類似夏螢的秋蟲忽明忽暗的在山麓游移，像鬼火，他們知道那並不是磷，但又不知道究竟那是什麼。因為他們不懂得那光的來源，所以一種神祕的恐怖，竟使得他們毛髮悚然。尤其是懦弱的，膽怯的女人，她簡直不敢再向門外遠望了。

「老伯伯，請你把門關上吧。」

「哪兒來的門？」老人說，他這時剛想放下飯碗：「門早就爛了，讓我把破木板攔住門口吧。」

於是他真的拿出了一塊木板，用幾枝樹叉住。這就算數了，這大膽的老人，以為那樣他們三個人的性命就有了保障。但是這對從未經驗過這種生活的男女，卻怕得非常，這樣一塊破成一個個洞了的爛木板，遮住這樣一坐東坍西倒的舊屋，有什麼用？這比之露宿，平安得多少？而且那幾枝樹椏，全是七零八落，一折就斷的。所以這遮欄，別說是猛獸，是盜賊，就是一隻最無用的家畜，也能把它撞翻了。

「啊，多可怕！」女人顫抖著說。

「有什麼危險，總讓我先死；假若是沒有辦法，我們也可以一同犧牲……但我想，我們會得平安過去的。」男子安慰她說。他雖則膽大一點，也不免心驚肉跳的想起一切。

「我們死倒不要緊，但已有了幾個月生命的小寶寶，我們為了他私奔，但在半途還是免不了摧折，還是無福分見一見陽光，見一見世界，這似乎更使我傷心……」

「那也沒有辦法的，人一到這種地方，誰能說得定呢？」

這老人，這時已把鍋擦乾，爐火也熄了。他坐在一隻角落裡，很閒逸的抽著土菸。聽了他們的談話，看了他們的樣子，不覺笑著說：

「怕什麼？在雨天，黑夜，當豆子成熟時，我不時上山趕走偷豆的野兔，因為在山上，我有幾塊自己墾種的豆地……」

他說得異常自信，異常鎮靜，彷彿什麼都不怕。為了增加說話的力量，他開始講他自己的故事：

「記得有一次，我從豆地回來，是半夜光景，也是有月亮的天氣。我遠遠看見——真的，我不說謊——我真的眼見一隻山虎蹲在這門口，在撕裂我的一隻小狗。我那時很愛養狗，牠成天跟我上山下山，可以說是寸步不離的。碰巧那天牠獨自留在家裡看門，不幸就發生了。我聽見狗很可憐地叫了一聲，那畜生的生命馬上完了。那聲音真慘，我如今似乎還能聽到，但我並不害怕……」

老人吐了一口痰，又預備往下說，但給這個女人阻住了：

「請別再往下說吧，……我真怕，……」

她緊緊的擠近男人，彷彿他能保護她似的。因為她說得這樣可憐，老人也不便再開口了。他搬開灶前的木柴，攤開一束又髒，又溼，又粗硬的稻草，似乎很抱歉似的說：「就在這上面將就一夜吧。」

他們也只得將就的躺下了。想到這一夜的苦挨，這一夜的危險，她的眼淚不絕地淌下。男人雖然替她拭眼淚，極力安慰她，但他自己的恐怖也不下於她。這一種環境，這一種生活，他們的確還是初經驗。那老人就在隔他們不遠的另一個草堆上睡下。他抽了一會菸，咳了一會嗽，不久就睡熟了。那有力的，粗宏的聲，在屋內不絕地迴蕩。他們卻緊緊的抱著，發抖的口唇互相緊貼，在靜寂中不時漏出來幾聲長嘆。他們想起一些危險的，不能預測的事實，就連嘆氣也莫敢大聲了。

「也許就在這半夜裡，我們生命完了……」

「我想會得平安過去的，藝，明天我們總可睡在溪口的旅館裡了。那裡又平安，又舒服。」

「只好這樣希望著罷了……」

他們從牆縫中向外望去，月光更亮了。在月光下，巨大的樹影倒在地上，幻成各種不同的，魑魅似的虛像。一陣從山坳中吹來的狂風，把樹林吹動了，於是一陣蕭蕭的落葉，發出嚇人的聲音，那聲音由幽微轉到宏亮，由淒涼轉到悲切。開始彷彿是淺流的急喘，到後又好像是大風雨的嗚咽；就是天崩地裂，末日到了前的預言，或者日月無光，宇宙毀滅時的哀號，也不過如此淒厲。那是不吉的惡風，陰風，一種能夠吹融人們骨肉的黑旋風。它似乎從嶺頭，谷間，帶來了不幸，帶來了禍患。……

房子動搖了，屋頂格軋地響，那塊爛木尤其震動得利厲，似乎就要給飛走了的樣子。在這陰風慘號的時候，他們忽然聽到外面有一陣聲響，一陣急促的，重濁的腳步聲，急馳而過。這聲音他們是生疏的，但他們能夠辨出那有力的，雄健的蹤跳；那深沉的，粗壯的，彷彿一股狂風倏起似的吼聲。他們都屏息著，死的黑影，彷彿已遮在他們的眼前，悲慘的預感冷透他們全身。他們顫抖著，抽搐著，愈抱愈緊，命運的相同，使他們更相憐愛了。他們只蓋著一條毛毯，這薄薄一層的毛織物，如何經得起這山谷下的夜寒？這砭骨的，不可抗拒的夜寒，使他們更加感到痛苦。而且更壞的，是那已有兩三個月生命的胎兒，這時又在母親懷裡蠢動了。女人因為怕，雖然感到澈體似的痛，也不敢高聲嚷苦。她只是低聲啜泣，盡向著男人的肘下躲。她彷彿已經全失了知覺，昏昏迷迷的，不知道究竟尚在人間，還是已入地獄，她只覺得一片無窮盡的黑黯。

「我們早完了，如果那畜生撲進這間房子……」

「好在我們可以一道死。最可憐的確還是這胎兒，如果我們不私奔，受得下社會的指謫，攻擊，那他倒有幸運見一見天日。」

做母親的默然了。他在這種危險的時候，危險的地方，能夠跟她自己一樣的憐唸到胎兒——他們罪惡的化身，她覺得非常感動，這神聖的，柔和的感動，竟壯她膽量不少。她覺得能夠跟他一道死，雖然可憐，但已無憾了。她輾轉了許久，最後終於朦朧地睡去。但他們一睡，就有許多老鼠不知從那裡出來，在各處跳躍著找尋食物。有一隻，竟到女人身邊用那長舌咂吮從她嘴角流出來的唾涎。在朦朧中，她聽到鼠叫，觸著鼠毛：她辨不出那是什麼東西，也聽不清那是什麼聲音：她想叫，想哭，但喉頭彷彿給梗住了。掙扎了半天，她才吐出幾句斷續不清的囈語：

「喔山虎，山虎！……」

「什麼，藝，那兒又來了山虎？」

男子驚醒了，他一聽到喊聲，馬上跳起來，找到女人帶出來的手槍，用顫抖的手，慌忙地裝進子彈，把槍頭伸出爛木板外，不曾瞄準的胡亂放了。

「什麼事，什麼事？」老人也醒了，一面喊，一面拿火刀取火，點著了油燈，他從壁上取下鳥槍，很敏捷的裝上火藥。

「老伯伯，門外來了老虎哪！」

「隨牠在門外好了，我們睡在屋裡有什麼要緊？我以為來了強盜呢。」

老人毫不介意的說。他把鳥槍仍然掛在壁上，吹滅了燈，又躺下睡了。那有力的，粗宏的聲，又不絕地在屋內迴蕩。

隔了不久，女人又囈語了，男人又胡亂的放了一會手槍；但那老人再不點火起身，也不再查問什麼了。這一對無用男女的虛驚，只使他好笑。

……天亮時，在他們走向溪口鎮去的路上，想到昨晚的事，仍然叫他們怕得發抖。他們很奇怪還沒有死，走盡那些山，就像走盡了地獄；離開那些山，就像離開了夢境。陽光晶瑩地照在他們頭上，空氣的清新，使他們感到一種從夢魘醒轉來時一樣的歡快。他們依然還生在世上，依然還能互相依賴，親愛地，自由地走向光明。尤其使他們樂的，是他們胎兒，終於能夠逃避了催折，有幸運見一見天日，見一見世界；因為他們已往的紀念，以後的希望，全都寄託在胎兒的身上……

曖昧

那天的月光分外朗澈。

修整的馬路，陰鬱的街楓，在如水的月光中，似乎鍍上了一層銀色。蟬在幽閒地唱。公園裡飄出音樂的聲音。汽車密密的排列著。兜風的太太們，坐在寬敞的車廂裡暢笑。日人辦的浴池裡，噴泉的水聲絲絲的在響。晚風逗著楓葉玩。幽寂的走道上，點綴著婆娑的樹影，顯出輕舒的，恬靜的情調。

市聲，只在遙遙的遠處喧噪。

這時我正踱來踱去的，在走道上面往復的打著圈子。幽靜的夜景，把我催眠入兒時的記憶裡。我夢著母親，描繪出母親的音容。音樂的聲音，由輕微的，隱約的，迷離恍惚的，漸漸轉入了高音。那柔和欲醉的琴音，使我想起了母親的言語，母親的催眠——那慈祥的，神聖的撫愛。我仰視著太空，星星正在熠熠地發光。這清澈的星光，使我想起了母親的微笑。這微笑，彷彿填滿了所有的空間，寄附在所有靈魂裡。一種泛然的愉悅，流水似的滲入我的情竅。

忽然一雙柔軟的手臂，輕輕地觸了我一下。一個蛋圓的，女人的臉孔，隱現在漆黑的楓葉深處。

「先——先生！」從那小圓臉上，發出一陣微顫的嬌聲。斷斷續續的，彷彿一串哀怨織成的愁絲。說話的時候，那個蛋圓的小臉幌動了一下，微微的垂在一邊。一雙水汪汪的眼淚，在黑暗中懦怯的，疲憊的發著微光。在模糊的夜色中，畫出一個苗條的身材。

「什——麼？」不知為了什麼，聽了那種微顫的聲音，我竟微微的吃了一驚。

「先生，我想——」在那漸漸顫抖得厲害的起來的語音裡，我懂得她是必有難言之隱的。

「有話請直說。」我謙和地向她鞠了一躬。

「簡單說，簡單說——」她楞了一會，才勉強的繼續下去，「我說，我從吳淞來——」

「請爽快點說罷。」看到她那喃喃說不下去的樣子，我有點生氣了。我說得很響亮，彷彿不是我自己的聲音。

「請你原諒我，我並不是壞人。我是女學生，給學校裡開除出來的。」她說這話的時候，忽然一輛汽車駛過我們的面前，如炬的電光照出她那蒼白的臉色。彷彿難為情，她漸漸的低下頭去。

「開除？」我同情的問。

「是的。」她失望的搓著雙手。

「為什麼？」

「說來話長。就是說了，或許你也不會相信。」她頓了一頓，「其實你也何必曉得我的事？」

「那麼，你想向我說的是——？」我懷疑的望著她。

「請恕我唐突——」她喘著氣，「我想問你借點錢。」

「借點錢？」

「是。」她怕羞似的退後一步說。

「可是你得原諒我，在散步的時候，我是照例不帶錢的。」我歉然說。手摸著衣袋，輕輕的拍了幾下，表示並不說謊。

「可是，你不能帶我到你的寓所裡去？」

「我的寓所遠著哪。」我連忙說。

「不要緊，只要你願意。」她吞吐著說，「你怕不會曉得，我是餓的多麼慌了。」

她說這話的時候，那雙烏溜溜的眼睛，在黑暗中閃耀得更其明亮了。在那眼光中，冒出不可抑止的餓火。

「這怎麼行？」雖然我心裡這樣想，可是口卻不隨心意的答應了，「自然可以，不過我還有朋友——」

「同房的？」她大膽的握著我的手問。

「是。」

「那有什麼關係？」

「恐怕他問我——」

「你就說我是你的親姊妹。」她鬆懈了手，急急的催著我走。一頓上好的晚餐，在引誘著她，似乎立刻使她活潑強健了不少。

彷彿做夢似的，我又給她握上了手，夢似的跟著她走。她像故意催眠我，一雙小手愈握愈緊。癢癢地，我的手心裡覺得發燒。

在月光中走彷彿有點寒意，她就藉故的愈挨近的我的身。「好幽涼的夏夜，」她感嘆著說，「究竟是近海的地方。」彷彿這句話含有特別的意義，她說得很高聲。她儘管說著，彷彿忘記了我是同她初次會面似的。她說到月，說到花，而且說到愛。我很驚異，剛才還是那樣軟弱的，膽怯的，可憐的一個女子，現在竟突然這樣的活潑起來。我很想問她，卻不願開口。「把她怎麼辦？」我一路只是這樣想。

「你想我是怎樣一種人？」在一陣悠久的沉默後，我突然聽到她的聲音。

「自然是女學生。」我雖然這樣回答。可是心裡卻在想著「你麼，喔，還不是一個無聊的女丐？」

轉過了公安局，我們到了寓所。

當我按電鈴的時候，她更緊緊地偎依著我。好像一開門，我就會把她擯棄在門外似的。

娘姨睡眼朦朧的出來開門。她看了看我，又看了看站在我旁邊的「撿來貨」，狡猾的笑了一笑。她是從來不曾看見我同女人一起走過路的。

我們進了房，海正坐在桌旁看書。「好用功。」我拍了拍他的肩，「我給你介紹這位女友。」

「呃——」他跳起來說，「這位是——？」

「密司何」，我笑著介紹。看了看她那玫瑰色的面頰，心想大約她還年紀很輕，於是我就毫不遲疑的加上一句，「她是我的親妹妹。」

「是新到上海的麼？」海像信疑參半的向著我笑。

「是。」我一面回答，一面把她交代給海，「請你跟她談談，我去買點菜。」走到門外，我又回轉身來，對她暗使了一個眼色，「妹，請不要拘束，海是我的好友呢。」

我買菜回來，海已在生爐子了。一間小小的書房裡，充滿了洋油的臭味。

我替她炒好一碗蛋，一碗牛肉，還做了一個炸菜肉絲湯。

放湯的時候。我忽然無心的問她，「你可願意湯裡放點醋麼？」

「不——」她彷彿吃了一驚。但是看了看我的臉色，曉得我所說的並非開玩笑，於是立刻改口說，「少放一點也好。」說著，她的臉都紅了。

我方才注意到她的衣服，是件自由布的短旗袍。襯著肉色的絲襪，淡黃色的高跟鞋，到也標緻得異常動人。她很年輕，很快樂，又長得美麗。彷彿一株青蔥蔥的水仙，異常柔嫩。一種迷人的香氣，從她的衣服上散布開來。

這衣服，這香氣，都是微妙不可思議的。因著這不可思議的力，我的心扉預備第一天向女人開放了。

當我打水去的時候，忽然海從後面趕來，握住我的膀子，附著我的耳朵低聲說，「你做得好事？」

「你說的什麼意思？我不懂。」我放下臉問。

「不要假正經。」海彎著腰笑，「你帶來的女人可是你的妹妹？」

「為什麼不是？」

「為什麼連你自己妹妹的脾胃都不曉得？」海反駁，「放湯的時候，哼！還得問她要不要醋？」

「你要曉得，我們已經一別多年了哪。」

「但是你們的面貌，我看來也不像。」

「因為她是我叔父的女兒。」

「但你不是剛才說過——她是你的親妹妹麼？」

「這——這——」我吶吶的說不出理由。

「這——這——」海學著我的語調。

於是我們相視而笑了。

「我覺得鬱悶。」她聽到我說她是我的親妹妹，彷彿這就是一個保障似的。她就漸漸的放蕩起來，漸漸除掉那種羞答答的神情了。

「那麼出去走走罷。」

「進影戲院好麼？」她問，眼睛探詢似的緊覷著我。「可以。」我無可無不可的說。

於是我們擇了一個最接近的影戲院。

我們進去的時候，正在開映滑稽影片。黑漆漆的人潮中，不時發出銳利的喝采，影機的聲音，微弱得似在向什麼人私語，婦人們的香氣，瀰漫遍寬敞的空間。

我們坐在最後的一排。孤單單的——謝謝天爺——就只我們兩人。

我們坐得很近，同擠在一處似的，彷彿凳會移動。她的雙腿總是一步步的移近，到後來，幾乎她已一半多坐在我的腿上了。

快樂和期望，漸漸抖動我的全身。我驕傲地看著面前的觀客，彷彿心裡在說，「看哪，我也居然挾著一個女人了。」

「我最愛看滑稽影片。」她看見我在沉默地幻想，忽然拍了我的肩說。

「為什麼？」

「因為它能使人軟，使人笑，」她笑著說，「你知道，笑是人生歡愉的標誌哪。」

她說，而且笑出聲來。看她那種愉快的樣子，我的心裡忽然冒上了火，「你這小娼婦，飯都沒得吃，還虧你這樣開心！」

忽然一陣喝采的聲浪，雷似的響了起來，她連忙搖了搖我的膀子，要我注意到前面。

「你看，那傻瓜！」我順著她的手指看去，只見灰色的銀幕上，一個長鼻的矮子，把一隻小腿倒懸在空中，裝出惡俗的各種鬼臉。

我正注意著銀幕，忽然一片潮潤的，溫膩的，而且軟滑的唇瓣，油似的飛上了我的左頰。

我看了看她，她卻裝著不動。

但我剛一回頭，同樣的肉片又很溫暖的貼上我的頸脖了。軟洋洋的，彷彿落入甜甜的午睡中。我只覺得酥，覺得軟，好像支不住自己的身體。一陣留在頰上的唇香，直落心的深處。

看到我那倉皇失措的神氣，她在旁邊掩住口笑。好像我是一個在她掌握中的俘虜，料定會得屈服在她的腳下似的。

雖然我還勉強保持著尊嚴，不敢十分放肆。可是心裡卻很想俯到她的小耳邊，低低的喊一聲：「我親愛的乖乖！」

「如果我有這樣的幸福，」她忽然把頭緊靠著我的胸膛，輕聲說，「永遠的同你做個朋友！」

「那容易。」我推開她的頭，很想趁勢的吻她千次。可是一想到渺茫的未來，卻又竭力的把自己的熱情遏抑了。

「不過——」她遲疑的說，「你有妻子不？」

「有，沒有，連我自己也不明白，」我故意這樣說。「這簡直是荒謬絕倫！」我這樣想時，很想酷毒的罵她一頓，可又怕她生氣。

我們走出影戲院的時候，已是十一點過了。街上很寂寞。電車，汽車，都已停駛。紅綠的電燈，在疲憊地吐露著光芒。魁偉的巡捕，無可奈何地站在崗位上面。

「坐車罷。」我想僱車，她不答應。她說路並不遠，而且深夜散步是很富於詩意的。

「你疲倦麼？」她像不放心的問。

「不，你呢。」我抖擻著精神，跟著她走。

「我很愉快，」她指著掛在天際的幾顆星星說，「多麼美妙的夜色啊。」

於是我們就肩並肩的，在馬路上故意的放慢腳步走。

我們朦朧的，過了許多幸福的日子。

那時剛好我還有錢，因此每天不是進戲院，咖啡店，就是到跳舞場。足跡所常到的，其實還是幾個有名的舞臺。她很愛看舊劇，以為舊劇中就只唱戲一項已夠令人留戀了。

最難忘的，是那晚上的一幕——哦，願她永生記住那一夜——那是一個多溫情，多柔和的晚上！那時我們正在馬路上散步，悠閒地領略著秋趣。咖啡色的街楓，溫涼欲醉；如洗的青天，渺遠無窮。路上的落葉，因著汽車的飛過，引起了一陣颯颯的怪響。晚風吹上人的衣襟，已有十二分的秋意了。

「你還記得那晚的情景？」她忽然問我：「我竟淪落到那步田地！」

「記得，」我說：「不要想它罷。」

「我並不想它，不過隨便問問罷了。」她忽然又接著問，「可願什麼地方逛逛去？」

「可以。」我摸一摸衣袋，還有三個大洋。

「天蟾好不好？」

「隨你便。」

我們進了舞臺，離開鑼的時候還遠得很。

舞臺是三層的建築。雖然還宏偉，可是裝潢得並不十分華麗。到處很黑黯，只有舞臺上的紅綠腳燈在微微的閃光。這幽光，在無限的黑黯中，顯得多麼的神祕！

上下的窗門都閉得緊緊的，一種窒人的空氣，在各處流動。我們坐在靠右的包廂裡，前後還不曾有人。茶房送來戲單，匆匆的沖過開水走了。

我們默默的坐著，眼望著牆上的掛鐘。我的心上，浮沈著衝動的，好奇的欲念。我偷偷的看了她一眼，決定今天做一點傻事。

果然，她突然的把頭向我一依，「我愛你，」她眼睛看看別處說，「我覺得心跳。」

「你說謊。」

「為什麼？」

「因為你——」我指著胸，「並非出於誠意。」

「何以見得？」

「因為如果你是真心愛我，」我說，「必願告訴我你的真姓名。」

「啊哈，你這人！」她笑了，「原來就只這點理由？」

「難道這還不夠證明？」

「當然。」

「那請你告訴我，告訴我。」我拉她的袖口。

「不要這樣認真，」她掙脫了袖口，「隨便一點罷。」

「那你要我怎樣叫？」

「隨便一點罷。」她重覆的說。

「怎樣隨便點？」我又拉她的袖口，而且搔她的手心。

「不要動手動腳！」她微慍著說，「放莊重一點！」

「不是你自己叫我隨便的麼？」

「難道我要你這樣隨便的？」

「為什麼不是？」

「不能。」

「為什麼不能？」

「不行。」

「為什麼不行？」

「不要傻！」

「我偏要傻。」我突然的摟住她的腰，一股濃烈的香氣留在我的唇上。她完全服從，彷彿孩子似的任我撥弄。

「癢，癢。」我的手伸入她的衣袖，她笑著打滾。

「你要我癢，我卻——」她出其不意的捏了我一把，「要你喊痛！」

就是這樣的，這樣的，我們漸漸的忘了人忘了舞臺，忘了世界。在她的呼吸聲裡，房子好像旋轉著了。一朵朵的花，一聲聲的笑，一絲絲的舞影，這些好像織就了一個花環，在我們的眼前滾動！那溫涼的手；細膩的頸；那胸脯；那天真的唇；那黑脂似的眼；尤其是那水仙一樣柔嫩的，蔥蘢的嫩肌；都給我一種啟示，神祕，近乎荒唐的可笑。我驚異，那樣羞怯的，膽小的，向人求乞過的一個女子，現在竟會同自己糾纏在一起。而我自己呢，竟不知道她的名，她的姓，她的身世，居然就這樣容易的墮入她的曖昧圈裡，莫能解脫。這簡直是荒唐得可愛，神祕得可怕！

我們沉醉在另一世界裡。因此什麼時候開鑼，做的什麼戲，以及什麼時候走出舞臺，我們一點也不明白。只覺得我們做夢一般的，混在馬路上的人叢中，兩雙眼睛不時的透過人家的肩膀，解意的相視而笑。

我們這樣的過了幾個月。

我們不希望她走，她也不願離開。她時常讚嘆都市生活，說都市生活才是活潑的，生動的，而且迷人的。她同海也漸漸的親熱起來了。如果我有事，她就約他出去，總是夜深了才回來。

雖然我們住得這麼久，可是她的姓名，她的身世，我們還是茫然。我們問她，她總是頭一歪的，支吾到別的話上去。看她的樣子，好像姓名就是她全部的祕密，姓名一說出，她的祕密就會全破了似的。她很快樂，整天的說笑，可是一提及她的姓名，就會憂鬱地俯下頭，注視著地板，無可奈何地擦著雙手。

「隨你們怎樣叫罷。」她總是這樣哀懇著我們，我們也只得隨她了。

我們正想同她多住一些時候，可是，在那可詛咒的一天晚上，她卻突然的走了。

那天因為我們都有事。她說一個人去看電影。但是一直等到夜深，她還不曾回來。

我們急了。

「難道就會這樣突然的走了？」海像不信似的問。

「不然，為什麼這時還不回來呢？」

「或許她到朋友家裡去了？」

「不，她是沒有朋友的。」

「你那裡知道？」

「她告訴我的。」

「那她到那裡去了？」

「或許給汽車撞到了？」

「或許跟人走了？」

「也或許迷路了？」

我們啞謎似的猜了許多時候，仍是不得要領。一種輕微的失望，像影子似的，跟住我不放。

「出去看看罷。」我無意識的要海出去。

「出去有什麼用？」

「在馬路上，或許能夠遇見她罷。」我勉強笑著說。

「妄想。」海嘰咕了一聲，像生氣了似的，默默地跟著我走。

我們茫然的在走道上打圈子。兩人都不願說話，好像都突然的上了心思。真的，她跟我們之間，雖然說不上什麼真的愛，真的情，可是她在這裡，多少總能安慰我們的孤寂。她的一顰一笑，一言一語，甚至於她那潑辣的性情、桃色的謊言，都能熱情的鼓舞我們，使我們感到活潑，新鮮，年輕而健康。可是現在，她已突然的走了。我們的生活，又將變成枯寂，憔悴，乏味而且可怕。

月色還是一樣的朗澈，街楓卻已差不多落盡了。陣陣的寒風，預示著嚴冬的殘酷。

汽車很稀少。公園裡的音樂靜寂了。藝術學校裡的鋼琴，正在遠處微顫著。不見人的語聲，也看不見人的影子，一切都顯得很靜默，很淒涼。

我回想到初逢的那晚，以及中間過的許多歡樂的日子，不覺夢似的滴下了眼淚。恐怕給海看見，我連忙在衣袋裡找手帕⋯可是摸出來的，卻是一紙折疊得很整齊的素籤⋯

我親愛的戈琪，我愛的恩主！

命運把我們聚在一起，如今又是命運給我們分散了。

我是——我敢發誓，賭咒——把第一顆心給了你的，但你卻似乎並沒有什麼誠意。我可不怪你，你那寬大的心胸已夠使我滿足了。

我不願意使你曉得我的真姓名，因為我是一個被人遺棄了的婦人。（我說我是學校開除出來的女學生，不過是謊你罷了）。我不願有人曉得我的過去，因為那是太慘了。我的淪落到那個樣子，也是因為過去的一段惡姻緣。那姻緣——不，那悲劇，簡直是我永生的創痕。它給我的盡是傷心，失意，人類虛偽的顯示。因為我想忘掉過去，所以我想永遠的忘掉我的真姓名。那姓名——啊，那悲傷的符號，是多麼的該遭詛咒啊！

現在，我要回家去。因為我在影戲院裡，無意的遇見一個同鄉。他告訴我，告訴我，啊，天哪，我的母親竟病倒了，而且快要臨終了。我得星夜趕回家，（家並不遠）雖然我捨不得離開你，可是陪我歷盡患難的母親，（只有她是分負過我的悲苦，分流過我的眼淚的。）她竟不前不後的在這個時候病了。我得回去，我願為了母親，真的我願為了與母親的最後一別，犧牲了一切情，一切愛，一切桃色的欺騙！

別了，我的愛，我的恩主！

請你把我永遠的，永遠的留在你的記憶裡！啊，那夢一般的幾個月的生活！

你的枕下有繡帕二方，那是我在平日，避了你們的眼睛繡成的。我是早料到我們有這麼的一天，現在卻因母親的病而實現了。

請你給海一方，啊，這是多麼值得眷念的，追憶的一個朋友！……

你的——

我連忙跑回家裡，果然在枕下檢到兩方繡帕。水仙色的細絹上，很細密的繡著兩行蟹行字：

我們無心的相逢，現在卻是有意的別了。

我注視著帕邊，一股茉莉似的濃香撲入我的鼻管，彷彿在不可知的遠處，那風姿綽約的，水仙一樣柔嫩的女人，在蔥蘢地微笑。

我記起了影戲院，咖啡店，以及宏偉的舞臺。彷彿剛才恢復了知覺，覺得一切都是荒唐得異常動人。「會不會再逢？」這個渺茫的問題使我感到興趣。

我一面給海繡帕，一面問：「繡這帕兒的，究竟是誰呢？」

「我不知道。你呢？」

「我也不知道。」

我們看著娟秀的小字，不覺相顧惘然了。

從此，我們就沒有得到她的一點消息。潔白的綾絹，如今已快變成焦黃的桌布了。

電子書購買

國家圖書館出版品預行編目資料

曖昧：我們無心的相逢，現在卻是有意的別了 / 何家槐 著 . -- 第一版 . -- 臺北市：崧燁文化事業有限公司 , 2023.05
面； 公分
POD 版
ISBN 978-626-357-341-3(平裝)
857.63 112005983

曖昧：我們無心的相逢，現在卻是有意的別了

臉書

作　　者：何家槐
發 行 人：黃振庭
出 版 者：崧燁文化事業有限公司
發 行 者：崧燁文化事業有限公司
E-mail：sonbookservice@gmail.com
粉 絲 頁：https://www.facebook.com/sonbookss/
網　　址：https://sonbook.net/
地　　址：台北市中正區重慶南路一段六十一號八樓 815 室
Rm. 815, 8F., No.61, Sec. 1, Chongqing S. Rd., Zhongzheng Dist., Taipei City 100, Taiwan
電　　話：(02) 2370-3310　　傳　　真：(02) 2388-1990
印　　刷：京峯彩色印刷有限公司（京峰數位）
律師顧問：廣華律師事務所 張珮琦律師

版權聲明

本書版權為千華駐科技所有授權崧博出版事業有限公司獨家發行電子書及繁體書繁體字版。若有其他相關權利及授權需求請與本公司聯繫。

未經書面許可，不得複製、發行。

定　　價：250 元
發行日期：2023 年 05 月第一版
◎本書以 POD 印製